Gaea

Gaea

因與聿案簿錄 四

ひみつ。

祕密

護玄——著

因與聿案簿錄四

祕密

目錄

人物介紹

虞因
大學生，有自然捲，髮色大多時間是褐色的(萬年染色款)。性格愛玩有點衝動，經常和同學出入夜店與夜遊，不過遇到正事時又很沉得住氣。有陰陽眼。
少荻聿
高中生，黑直髮紫色眼睛。皮膚白皙，有外國血統。因為家裡發生滅門慘劇受到很大打擊，變得不願/不能說話，但是個性細心，在語言方面很有才華。

虞夏
虞佟的雙生兄弟，阿因的二爸。警員，脾氣非常暴躁但辦事效率極佳，指著他叫小鬼必定會被揍。目前在刑事組任職，幾乎整年都在跑現場查案。
虞佟
阿因的父親。警員，黑髮娃娃臉(有著高中生般的面孔)脾氣非常溫和，擅長烹飪，因為曾經重大車禍關係所以視力衰弱。
嚴司
撈過界的法醫，暫時到本市警局支援法醫工作。興趣是遊玩人間，不過經常加班趕工沒得玩。

那個女人躺在地上顫抖。

深夜時刻，封閉的巷子四周毫無人聲，從外頭照射進來的路燈帶著蒼白的光線，幾隻飛蟲在她身邊振動著翅膀，然後停在她大睜的眼珠上。

她張大嘴巴，但是叫不出任何聲音，所有的聲音都被強迫塞回她的喉嚨裡面，換成苦澀的味道嗆入氣管。

黑色的漩渦慢慢侵蝕腦中能思考的空間，一點一點地像是無數隻黑色手掌將她往下拖。她全身無力，即將融化在地面上。

巷子中狹窄的牆面上被撞擊出一個小小的凹角，血跡濺灑其上，又順著磚塊落下，再過不久，就會有螞蟻從黑色的另一端循味而來。

被扯破的手提袋掉落在她身邊，粉底翻開朝上。如果是平常，哪個女人捨得如此糟蹋這專櫃貨、價值上千元的小小物品。

那裡站著一個人，看著她逐漸失去氣息。

有人說，他們的時間就像外表一樣，停止在很久之前。

進入警校後，如同模型被刻下了最後一筆、噴上了保護漆，從此一切都在空氣中定型。除了隨著時間變長的頭髮被剪了又剪，身上的階位稍微改變，他們就像最初似地，還停留在剛進警校時的那種感覺。

之前，當他的姪子還是個小不拉嘰的東西時，另一個和他長得一模一樣的人在車禍中失去了自己的家庭，原本單身的他，與另外兩個失去家人的人開始住在一起。被照顧，然後還是像以前一樣繼續工作著，偶爾看某些人不順眼時送出拳頭。

是的，就像他們都熟悉的平常日子。

在紫眼的孩子進來之前，曾有另一件事打破了這個平常，像是一段小插曲一樣持續下來。

「信？」

一大清早，如同往常般正在替全家人準備早餐的虞佟，看著走出去的養子又走回來，手上多了報紙與一些信件。

清晨七點多，樓上的幾個人都還未出房間。

因為家裡的人今天難得不必上課、上班，所以這一天下午才上工的虞佟可以比較晚準備餐點。他接過聿手上的信件，不是標準信封，是聖誕卡片那一種，上面有笑臉的圖案，沒有寄件人署名，也沒有地址，上面只寫了「虞夏 收」三個大字。

「啊啊，我知道是誰寄的，你等會兒拿給夏吧！」拍拍男孩的頭，虞佟露出溫和的微笑。

「？」看著手上的信封，聿點點頭。

「之後可能還會再收到，大概是幾年前吧，當時我和夏還在同一個單位工作時，曾經手一件案子，大致上是地下高利貸押走很多償還不出債務的家庭的孩子，可能是打算買賣人口去工作抵債，例如做雛妓，有的似乎是要賣器官，或是幫人家做小工。」頓了頓，虞佟推了一下眼鏡，回憶起過去：「收到線人舉報後，我們在山區破獲那個集團，其中幾個孩子受

傷、生病了，很嚴重，而那山區因為太過偏僻，救護車和警車進不去，只得徒步。所以夏拚了命，來回揹了好幾個嚴重到無法等待救援的孩子到外面上救護車，後來不知道是哪個得救的孩子吧，就經常這樣寫信給夏，我們都習慣了。」

原來如此。聿點點頭，算是明白信件的由來。

差不多準備好早餐時，樓梯上傳來聲響，被鬧鐘吵醒的虞因打著哈欠，晃了進來，原本就有點髮鬈的褐髮亂糟糟的，配上那髮色，看起來活像個鳥巢。

接著是另一個和虞佟有著相同面孔的人。聿在後面推著他，執行著虞家家長吃飽再睡的最高指令。

「二爸，又有你的信喔！」

咬著半片吐司，看見桌上信件之後，虞因拿起來，在手上揮了兩下：「你的粉絲又來信問候了。」

清晨五點才從工作地點直接回家，虞夏一邊打著哈欠，一邊走過來接過信件，三兩下便拆開，「又來了。」

翻著信件，他繞到廚房冰箱前，拿出一罐玻璃瓶的家庭號鮮奶，上面印著某牧場的標記，是虞佟很喜歡訂的一家。

愉快地蹦過去搭著自家二爸的肩膀，虞因在信上看見了一如往常的問候語，是女孩子端端正正的筆跡，上面也寫著最近她在學校的成績有進步，只是和同學相處得不是很好，不過，她會勇敢學習虞警官之類云云的內容。

對一如往常的信件內容興致缺缺，虞因搭著看起來似乎還沒醒的虞夏，頗像高中生的年輕面孔，正專注讀著信。

有時他眞的很想捏一捏這張可惡的娃娃臉。

太年輕了，再過兩年看起來一定就像他弟，太讓人不平衡了。

「二爸，高鈣的牛奶喝好幾年了，是否感覺長高了些？」拿過有點重量的玻璃瓶，他皮皮地揶揄著比自己還略矮了一、兩公分的人。

「去死！」

沒有因爲專心看信而漏聽任何一個字，虞夏一個肘拐過去，打得自家小孩痛彎下腰，接著轉身掃腿，快、狠、準，完全沒有任何猶豫，然後在玻璃瓶差點墜地前完美地一手接住，動作俐落漂亮得讓旁邊的人都想喝采。

「砰」的一聲，巨大的聲音迴盪在餐桌旁，接著是某個嘴賤傢伙的哀嚎。

決定把一切都當作幻覺的小聿，相當鎮定地扶著差點被撞到溢出來的湯碗，視而不見地繼續進行吃早餐的動作。

「夏、阿因，我不是說過不要在吃飯時間動手嗎？」制止了自家弟弟跳到自己兒子身上一陣亂打，端著水果走出來的虞佟，成功地讓兩個人都停下動作，「別又來了，之前才撞壞餐桌！」

冷哼了一下，虞夏用空出來的手甩了某傢伙的後腦一巴掌，才過去幫忙端水果。

放下手上的筷子，聿按了幾下他的觸控式手機鍵盤，把螢幕轉向坐在旁邊揉著頭的虞因。

歪過腦袋讀了上面的小小文字後，虞因笑了一下，「對啦，我想應該很容易查出是誰特地來放信的，可是二爸說要尊重對方的隱私，因此沒有去查，畢竟女孩子的臉皮比較薄，如果想讓我們知道她是誰，自然就會出現。」看著對方詢問爲什麼不試著去找出寄信人身分的短訊，他這樣解釋著。

早在幾年前頻頻收到信的時候，大爸有陣子還擔心會不會是尋仇的人，因而想要調查是誰送信過來。這並不難，只要調出社區攝影機就行了。不過，虞夏說對方沒有惡意，所以就暫時擱下這件事，又過了幾年都相安無事，也就習慣了。

「不過，這樣算算好像也過了不少年。」在空位上坐下後，虞佟有點感慨地說：「如果當時她還是個小女孩，現在也該是高中生了。」他算一算時間，當初破獲山區據點時，那些孩子都沒幾歲，大致上推算一下，也是這年紀了，年齡大一些的，應該就跟自家兒子同年。

那時虞夏看見那麼多孩子忍受著傷痛，還火大到狠狠揍了落網的那些罪犯——不過，之後當然被罰寫報告書。

但老實說，真是打得好。

「唉，再兩、三年應該就是賢妻良母了。」跟著感慨了一下，虞因轉過頭，看著某人愛慕的對象說：「是說二爸，你也三十好幾了，有沒有打算找個人嫁了……不是，我的意思是讓人嫁了？」

露出了微笑，一反往常馬上發飆，虞夏按著指關節，發出某種恐嚇性喀啦的聲響，背後出現某種扭曲成了漩渦型的黑色氣體。

「對不起，我錯了。」他不該在今天魔王心情似乎很好時向他挑釁。

端起盤子，決定誰都不管的虞佟，招呼著紫眼的孩子往大廳走去，無視於背後傳來被毆以及毆人的聲響。

「你們慢慢玩吧！」

餐桌壞掉就叫兩個人一起賠算了。

□

他已經年過三十了。

看著家人各自出門去忙自己的事後，難得放假，可以在家裡多睡幾小時的虞夏打了個哈欠，懶洋洋地倒在客廳的沙發上，軟綿綿的感覺一下子讓多日的疲憊再度湧了上來，使他的眼皮開始沉重起來。

旁邊動了一下，有人輕輕地在沙發旁的裝飾地毯上坐下。

瞇起眼睛，他看見自家老大認領的小孩拿著書本跟背包坐在旁邊，手上掛著虞因先前送給他的手機。

「你打算出門？」翻過身趴著，虞夏拿起桌上的遙控器開了電視，轉到新聞台，有一下沒一下地瞄著電視上又在播報殺人放火的社會新聞。

點了頭，聿整理著側背包裡的物品，最後把圖書館的借書證放進去，才拉上拉鍊。

「跟誰去念書？」喔哈，好快啊！昨晚抓到的殺人犯親屬已經出現在電視上了，有時他眞不得不佩服媒體的功力，還搶拍了家屬一把鼻涕一把淚說「殺人犯是冤枉的，請警察要詳查」之類的話。

要是他們能親眼看到那傢伙襲警的狠勁，不知道警眷家屬要不要也來哭一下？

基層員警薪水不高，裝備很少，被人家拿刀捅進了醫院還得對外宣布正在調查員警是否防禦過當，天知道那個殺人的傢伙才被翻身摔到額頭而已。

對了，晚點得撥個電話去醫院，看看被刺傷的巡邏警員清醒了嗎……

盯著他看了半晌，聿拿起手機按了幾下，然後把螢幕轉向他，「**自己去。**」

「你之前爲什麼說謊，阿司根本沒空陪你溫習功課啊！」和自家老大不同，虞夏完全不拐彎抹角，直接開口就問。

「**你們很放心讓我獨自長時間待在外面嗎？**」晃了晃手機上的字，聿聳聳肩。

「但是我不覺得你會獨自長時間待在外面，之前你都躲在房裡看書，還有誰陪你？」自從帶回這個孩子之後，虞夏和自家兄長在平常事務之餘，還拚命過濾少荻家的親友往來狀況，但是什麼也沒有發現。

紫眼的孩子沒有回答他，逕自從側背包裡拿出一副眼鏡戴上，虞夏認出那本來是虞因的東西。

那個愛到處玩的死小子就這些亂七八糟的東西多，不過遮住了顯目的紫眼也好，以免又有多的麻煩。

就在聿整理好東西時，新聞換上了臨時插播畫面，同時，虞夏丟在旁邊桌面上的手機也響了起來。他馬上接起手機，答道：「我正在放假，啥事？」

轉過頭，聿看見躺在沙發的人皺著眉爬起來，還說了幾句「馬上過去」之類的話。

掛掉電話時，虞夏轉過頭，正好看見某人在玄關穿鞋子：「小聿，我跟你一起出去，順便載你。」

無言地點點頭，聿站起身，踏了踏布鞋，就先走到外面，想了一下，便自動取走摩托車的鑰匙，到外面停車處去等。

虞家和其他住在這裡的住戶一樣，外頭有個圍牆與大鐵門，進來之後便是前院，部分住家會改成花園之類的院子，一部分則是像他們一樣，直接鋪了水泥作停車處。

最早是虞佟有部車，後來虞夏嫌去遠處要用公務車太麻煩，也弄了台二手的回來。之後虞夏又嫌開車不夠機動，就買了新的摩托車。等到虞因開始打工之後，他也買了一台摩托車，於是這些車子便將整個前院擠得滿滿，像是小展示區。

他還站不到兩分鐘，快速換好衣服、踏著球鞋下樓的虞夏看了他一眼，說：「你怎麼知道我要騎摩托車？」接過對方手上的鑰匙，他順手將安全帽拋過去。

接住了黑色的安全帽，小聿聳聳肩。

□

上午十一點多，平常不起眼的小巷子被拉起層層的封鎖線。

就如同往常，附近的住戶一大清早起了床，婆婆媽媽們提著菜籃，到小公園旁的市場買菜或者是買早點，一路上帶著豆漿與油條的香氣回家。

與平常不同的是，隨著時間開始流逝，人潮增加之後，轉入小巷子的人發出尖叫聲，附近的居民包圍起外巷，所有的人都看見了巷子中躺著一個永遠不會醒來的陌生人。

封鎖線外聚集了無數的人，好事的、疑惑的、路過的，還有專程來等新聞的，形成了四周吵鬧的聲音。

「老大，你今天怎麼這麼慢？我還以爲從你家到這邊只要十分鐘耶！」撥過電話大約等了半個多小時，現場攝影已接近告一段落的玖深，才看見有台摩托車用殺氣騰騰的速度把想闖進來的記者給逼退，然後大剌剌地停在封鎖線外。上頭的人跳下車之後，與外面維護現場的警員打了聲招呼，丟開安全帽，接過帽子和手套、口罩才進來。

「繞路先把小聿丟到台中圖書館。」稍微看了一下四周，是條很常見的小巷子，人口多一點的區域幾乎都會有，陰陰暗暗的巷尾還堆著雜物。「這裡怎樣？」

將相機交給其他正在蒐證的員警，玖深直起身，搥了搥發痠的腰：「是女性，在皮包裡面找到身分證，二十五歲，彰化人，剛剛聯絡了她的家人過來。現場沒有看到凶器，不過牆上有血跡和強力撞擊的痕跡，根據現場初步勘驗，她的頭上、腦後都有嚴重撞傷、額頭有瘀青，死因有待查證，身上有多處瘀青跟抵抗的自衛傷，手臂上也有明顯的瘀青與指痕，依大小估計，對方可能是男性、手上應該會有抓痕；剛剛採集了指甲縫裡的東西跟附近一些物品送交化驗，目前就這樣。」

「什麼名字？」看了一眼旁邊地上已經覆上白布的身體，虞夏蹲下身掀開了白布，一種揉合了血腥與某種奇異氣味的臭味撲鼻而來。他皺起眉，看見屍體上爬了不少的黑色螞蟻和小蟲子，密密麻麻鑽動著，還有些從鼻孔裡面隨著乾涸的血跡竄出，像是原本就寄生在裡面吸取宿主的生命，乍看之下有點駭人。還瞠著的眼像是不甘心般沒有闔上，但是已經失去了焦距與該有的反應，黑色的短髮整個在腦後散開，沾著濃稠的血漬。

蒼白的臉孔還能看出原本姣好的面貌，可能是因爲抵抗而稍有凌亂的衣物，是很標準的上班女性套裝，被扔在旁邊的包包則跟衣服同色配套。

這個被害者的收入應該不錯。翻了一下包包，看見上面的品牌後，虞夏這樣想著。高檔的化妝品，臉上已經沾血的粉底，還有身上的穿著打扮，都非一般低薪上班族會選用的東西。

「呃，徐茹嫻。」想起稍早看到的身分證上的姓名，玖深很快回答：「問了附近鄰居，似乎有人見過她在這邊出入，所以剛剛讓幾個弟兄去查了。」

「嗯，明白。」拍掉爬上手指的螞蟻，虞夏稍微掀高了白布，看見底下的女性幾乎扭曲張開的手指，上面不知道是沾了她自己的血跡亦或是別人的，經過這段時間後也開始轉為深色。

「嗯，老大，屍體要轉送到阿司那邊的工作室去了。」實在是很不喜歡看見布滿蟲蟻的屍體，玖深轉過頭，正好看見要幫忙轉送的人就在附近。

點了點頭，虞夏東張西望了半晌，讓開位置讓他們繼續處理後續流程，然後他的目光就被後面那堆雜物吸引，晃過去稍微看了一下。

沒什麼特別的東西，只是幾件可能是不知哪個人丟棄的木頭家具、小椅子，和看不出原來樣子的東西。經過風吹日曬變得破敗、腐舊的木頭中有幾隻螞蟻進出，似乎和爬在屍體上的是同一群。附近地上塞著一些空瓶罐和不知名的垃圾，再往後面就是死路了，看樣子應該是有些人把垃圾往這裡丟，因為沒有人定時清潔，便這樣堆積起來。

兩邊的圍牆有點高，裡面是老式平房住家，其中一邊已經沒有住戶了，植物雜草將建築物包圍起來，沒有近期有人經過的跡象，牆上放了一些灰色的空心水泥磚，除此之外還有玻璃碎片和鐵絲，是很常見的早期防盜設施。

評估了一下，很顯然地這裡什麼都沒有，而且這裡距離陳屍處還有一小段距離，四周的東西並沒有被移動，也沒有其他痕跡，看來那位被害者應該是從路口被逼進來，一發現是死路要往回走時就遭到攻擊了。

在心中盤算了一下，虞夏回過頭，招呼著離自己比較近的警員：「相機給我一下。」不知道爲什麼，雖然這裡什麼也沒有，不過基於「寧可錯殺一百，不可放過一千」的心態，他還是決定拍一拍。

馬上回應的警員轉過去拿相機，再轉回來時，臉色猛然大變，整個人緊緊抓住相機大吼：「老大！上——」

不用他說完，反應很快的虞夏只感覺一道黑影從頭上砸下來，他反射性往旁邊一跳，撞到了另一邊的圍牆，因空間太小，他無法完全躲過，所以在被那東西打破頭之前，他就先出手攻擊。

某種巨響馬上讓在場人士全都把視線轉過來。

「上、上面有磚塊掉下來……」那個警員結結巴巴地把話講完，愣愣看著虞夏拍去身上的碎屑。

好可怕！他竟徒手把磚塊打成兩半！

同樣見證了磚塊遭破壞的歷史性一刻，玖深吞吞口水，連忙迎上前去：「老、老大，你有沒有事啊？」有沒有搞錯，那磚塊還不小耶……這麼輕鬆就打破，連他都有點替那塊磚感到悲哀。其實那塊磚頭根本就是空心的吧？

虞夏看了他一眼，按了按手指：「有點扭到。」

看著眼前那張完全和內在不相符的娃娃臉，玖深很慎重地拍了頂頭上司的肩膀，一臉嚴肅地終於問出心中多年的疑惑：「老大，其實你是少林寺第N代的俗家弟子吧？」如果不是，爲什麼他可以用一身蠻力在他們組裡橫行多年？

所有人都轉過來看著他們，很期待聽見同是他們心中多年來疑問的答案。

「俗你的頭！」一拳直接摜在他的腦袋上，虞夏白了對方一眼：「有空廢話還不快去給我幹活！」

腦袋瞬間爆出劇痛，還以爲自己腦殼會被打破的玖深，含著淚拖著腳步往外走。幸好記者看不到這裡，否則今晚的重點新聞絕對不是殺人案件，而是：**「驚傳員警在現場空手破磚，根據本台獨家報導，此員警出自於嵩山」**之類的標題。

啊啊！那他連明天的頭條都知道了，就是某台新聞被砸的神祕事件。

「相機。」無視於一干手下幾乎一樣的想法，對著還在發呆的警員伸出手，虞夏直接給了兩個字。

如大夢初醒般，小警員馬上鬆手，將已經準備好的相機遞上，才連忙逃回去繼續工作。

太可怕了，他們今天對於上司的強悍程度又有了更深的了解，有哪個部門主管可以跟他家老大比。小警員突然覺得，自己可能進到了很可怕的地方、在很可怕的人手下工作，該不會哪天出錯，他們也會有跟磚頭一樣的命運吧？

在附近拍了幾張相片之後，虞夏甩甩手，稍微翻動了幾堆雜物，裡面並沒有其他可疑的東西，於是他轉回身，把相機丟還給剛剛那傢伙。

「老大，外面記者那邊……」看他似乎停下動作，玖深靠了過來，指著外面還沒打算離開的幾個記者。

「無可奉告。」瞄了旁邊的同僚一眼，虞夏很簡單地給了四個字。

「喔，了解。」

這裡的工作差不多告一段落之後，難得的假期也泡湯的虞夏，拿下帽子跟口罩，離開了現場，在一堆記者衝過來又被攔下時，跳上自己的摩托車離開，等到那些人覺得追不上了，改去纏別的警員後，他才停下來撥通了手機。

等待時刻，虞夏習慣性四處張望。

不曉得是不是巧合，當他轉向附近大樓時，恰好看見中間樓層有個住戶走了出來，像是也注意到他一樣，直直地往他這邊望過來。

那是個長髮女人的身影。

然後，電話接通了。

□

「我是嚴司，現在正在忙，有事快說，有屁快放，超急事請自己來找我，我人在工作室和屍體約會中。」

被旁邊的同僚白了一眼，放下手中的工作，因爲手套沒拿下來，只好用肩膀夾著內線的嚴司，哈哈地對上了來電給他的人。

「你眞的很囉唆，比答錄機還煩。」另一邊傳來不耐煩的聲音。

「夏老大，我的手還滴著血，再不快點，等會兒拖地時拖把上就會沾到血了。」要知道環境保護很重要，隨便破壞工作室的衛生狀況，可是會被等一下進來整理的人海扁。「對了，我剛剛接到玖深的通知，還聽到你的破磚神蹟耶！」

太可惜了，他也好想在現場見證歷史性的一刻，順便幫他拍下動感的照片，搞不好拿去投稿，下期警政刊物封面照就會出現他家老大神勇的形象咧！

「囉唆，等等那個新的被害者將會送到你那邊去……螞蟻……」

電話那端猛地傳來沙沙的訊號干擾聲，蓋住了原本的話語，通話變得斷斷續續難以分辨，嚴司微微挑起眉：「你們送螞蟻的屍體過來？」太棒了，他還沒試過解剖這種屍體，眞是太迷你、太袖珍了，到底是誰這麼殘忍，把螞蟻變成了被害者。「今天是四月一號嗎？」想整他也找個比較有趣的藉口吧！

「奇怪……」像是又說了幾句話後，手機仍然有很明顯的嚴重干擾，另一端的人也發出疑惑。

仔細聽著不算刺耳的干擾聲，嚴司似乎在裡面聽到某種詭異的聲音：「老大，你是在電台附近嗎？我好像聽到賣藥的聲音。」不過這個電台的干擾未免也太強了吧，居然連手機都會中獎，他還以為手機不會被蓋台。

該不會是地下電台吧？

「回頭再打給你。」虞夏見通訊品質那麼差，馬上乾脆地直接把電話切斷。

看著發出嘟嘟嘟聲音的話筒，嚴司笑了一下，請旁邊的人幫他把電話掛回去。

「螞蟻啊……」

掛斷電話後約十幾分鐘，一如往常地，又一具屍體被送入工作室。

看了新案主之後，嚴司大致了解對方想跟他說什麼了。

「對了，可不可以先幫我準備一下工作室裡的醫藥箱。」看著屍體上正爬來爬去的螞蟻，嚴司拉下手套洗手，順便喊住某個正打算下班的同僚。

「醫藥箱？」工作室的女性同仁疑惑地看了他一眼：「你被屍體刺傷了嗎？如果受傷要快點去消毒跟檢查喔！不然會遭到感染。」長年在這工作，他們都已經很了解這種程序了。

「喔，不是啦，等等夏老大一定會先殺過來這裡。」露出微笑，他拿出新的手套和器具，一面說：「沒有人空手破磚不會受傷的啦，眞的有就叫神了。」

「什麼跟什麼啊。」沒弄清楚他的意思，女工作人員揚了揚手，「我拿出來放在休息室了，明天見。」

「謝啦。」

「你送來的小姐初步檢驗是死於……後腦整個爛了，詳細報告等解剖後再補給你。」

拿著剛出爐的驗屍報告，一邊打哈欠一邊接過咖啡，嚴司這樣告訴正按著手上紗布的人。

「後腦？」他本來以爲是別處，因爲在現場時看到這個女的仰躺在地，身上全都是傷口，他並沒有翻動屍體，因此沒注意到後面的創傷處。

「是啊，而且根據我的估計，她應該是很快就發現凶手，先抵抗造成多處自衛傷之後，才被對方抓住頭髮，撞擊牆面……她的頭皮上有多處拉扯傷，接著對方抓住她的臉，用後腦硬撞牆壁，造成致命傷害。另外還有下顎骨折跟頸部骨折等等，從身上的傷痕來看，凶手應該是男的，還挺有力氣的。我看大概不是搶劫傷人，而是她可能曾在某年某月殺了人家全家，還有阿狗、阿貓，還殲滅了他家的螞蟻窩，對方才會下手這麼狠。」把報告遞給對方，嚴司涼涼地說。

「這難說……」

虞夏環著手，靠在休息室的桌邊思考起來，其實近年來的犯罪方式大多已經超乎人的想像，有時不只是搶劫，就連站在路邊都可能因爲別人莫名其妙看不順眼而遭到殘殺。

不久前他才接過一個案子，一群年輕人出去夜遊，經過了海邊，只是下去玩個水，沒想到其中一人莫名其妙被陌生的路人拿刀砍死。像是有深仇大恨一樣，加害者狠狠砍了他十多刀，整個脖子幾乎被砍斷，只連著薄薄的皮，沙灘上都是血，那個年輕人就這樣當場死亡，完全無法急救。

後來虞夏接手調查，發現原因很可笑，那個加害者根本不認識死者，只不過算死者倒楣。那一天凶手因爲失戀在海邊看海，一群年輕人夜遊經過，他認爲死者用挑釁的表情在嘲笑他，就僅僅是這樣而已。

人的觀念與自制正在被名爲黑暗的爬蟲啃食著。

「老大，你耳朵是不是也受傷了？」盯著對方看了一會兒，嚴司打斷了對方的思考，然後點點右耳。

「沒有，沒感覺。」轉過身照照休息室裡的小鏡子，虞夏果然看見自己右耳上緣有道淺淺的紅色細線，還滲著一點紅，「大概是被磚塊擦到的，別管它。」反正這種傷放著一、兩天就不見了。

還有工作的嚴司聳聳肩，將空罐子拋進回收筒，發出了不小的碰撞聲。「啊！對了，上次那個借貸的你還記得吧，叫什麼祈的……？」

「誰？」

「彩券頭獎那個案子的關係人。」

「忘了，幹嘛？」不曉得爲什麼會突然提到那個人，虞夏疑惑地看著他：「那個案子不是結束了嗎？」

「喔，是結束了。不過，最近我看到你家另一個老大在樓下和他說話，大概是後來還有聯絡吧。」前兩天下樓時，嚴司正好撞見兩個人似乎神神祕祕在說些什麼，不過因爲不關他的事，所以他並沒有無聊到跑去偷聽。

虞夏點了下頭表示自己會注意。嚴司走掉之後，還留在休息室的他丟掉零食袋，拿著報告打算先回到自己的工作室。

打開門時，哭喪著臉的玖深正好衝了出來，差點沒把他給撞飛出去。

「你欠揍嗎？」避開對方的撞擊，虞夏眯起眼。

玖深露出了世界末日般的悲傷表情，把手上的袋子遞給他，然後很嚴肅地開口：「老大，我明天要請假……」

「請啥？」打開袋子，虞夏看見裡面全都是這次現場勘驗拍回來的相片，他很順手地拿出來快速翻看。

「我要去收驚，剛剛打電話問我阿母哪邊比較靈驗，想去求個平安符回來。」不然他眞的會因爲工作而搞到神經衰弱。

拿著一疊相片，虞夏朝那顆面對自己的腦袋打了下去，發出了好大的聲響。「求你的大頭，有空去想這些還不如給我滾回去工作！」收什麼驚，要收的是那些每天在外面到處跑的員警吧！

摸著頭，玖深往後退開一步，很委屈地捱下自家老大的攻擊，然後說出他不得不去收驚的理由：「我洗到靈異相片了……老大，你要不要也去收一下，不然很不好耶……」上次是手機，這次是靈異相片，他還眞不知道自己是招誰惹誰，爲什麼有問題的案件都是他經手到，給別人辨不是很美妙嗎？他可不想有這種奇妙的經驗啊！

翻開眼前同僚控訴的相片，虞夏很快就看見了對方所謂的「靈異相片」。

那張相片不知道是什麼時候拍到的，他推測大概是準備拿相機給他的警員嚇了一跳後失手按到而拍下的。

相片中正好是磚頭掉下來要砸到他的瞬間。

「這裡。」指著相片上方，玖深還是有點怕怕地說著。

往相片上方一看，因爲當時並沒有對焦，相片有點模糊，但虞夏還是很清楚地看見在圍牆後面露出了半個頭顱，像是有誰在那邊偷窺，黑色但有點反灰的眼睛死死盯著相片上的他看。

不曉得是不是因爲相機晃動，那個人的影像和下面的虞夏不同，幾乎是有點模糊的，如同被分解一般，邊緣擴散得很嚴重。

「馬上給我進去裡面看看是不是有人在那邊留下痕跡。」本能地，虞夏立刻這樣下令。

他們居然沒有發現現場還躲著別人！

「可是老大，當時你也有去現場，圍牆後面根本沒有人啊！」玖深哭喪著臉，提醒他這個事實，「而且我們也封鎖現場了，不可能有人躲在那邊偷看。」為什麼他的上司會如此鐵齒，若是讓阿因看到這種相片，他一定會很贊同說，「對，這是靈異相片，讓我們投書給靈異節目，賺點稿費吧！」

「沒有什麼事是絕對不可能的，再叫人給我去找一次。還有，你是虧心事做太多了嗎？不准給我用『收驚』這種理由請假，沒有生病重傷就給我滾過來上班，明天沒看到你，你就死定了。」再度發揮下屬們公認的凶惡本領，虞夏瞪著對方。

……他心靈殘障了難道不能請假嗎？

雖然這樣想，但是玖深很沒種地不敢說出來，只好悲傷地離開休息室，想著明天可不可以先拗個人幫他代上午班，再偷跑去收驚。

看著自家手下離開休息室後，虞夏才注意到相片上另一個連玖深都沒發現的異處。

相片上一條短短的黑線劃過他的耳朵。

他摸摸自己的右耳，那裡還有道血痕。

「嘖！」

收起了相片，虞夏沒有放在心上。

□

手機訊號受到干擾。

停下摩托車，虞因在離家很近的地方摘下安全帽，看著一下有一下無的訊號格，突然想到附近該不會有非法架設的接收器之類的東西吧……

「奇怪，今天附近有發生什麼事嗎？」注意到四周有警車出入，基於好奇心和出自警察家庭的關係，他還眞有點想去看看究竟是怎麼回事。

不過最近二爸盯他盯得很緊，所以還是不要去惹事比較好……

一邊這樣想著，他牽著機車往旁邊避了一下，有個陌生的年輕男人從他旁邊走過，差點撞到他的車。

對方似乎有點失魂落魄，連聲道歉也沒有就走掉了。

「阿因！」

正想出聲叫那個人小心一點，某個很熟的聲音從旁邊巷子裡傳來，打斷了他。虞因反射性地回過頭，看見果然是熟人對著他揮手。

雖然二爸叫他不要去惹事情，可是好像沒有說過事情不能來惹他喔？

「玖深哥，附近有什麼事嗎？」通常這個人會出現，就一定有事，扯上他二爸的案件大多是像殺人、放火、搶劫等比較嚴重的案子，所以……虞因很快就忘記要追究剛剛那個人，而且對方也轉彎走掉了，他懶得再追上去做無意義的事。

「今天早上有人發現一名女性陳屍在巷子裡，我們正在做第二次搜查。」跟其他同僚一起被派出來的玖深聳聳肩，很無奈地說：「剛好，阿因你也在這邊，來幫個忙吧……其實我今天洗到靈異相片了，不過你也知道你二爸的個性，所以……嘿嘿……」

與其拜託會踢到的鐵板，不如拜託鐵板的兒子比較快。

「靈異相片？」

聽著鑑識員警把今天發生的狀況大致描述一下後，虞因稍微思考了一下，然後下了車，把摩托車停在路邊鎖好，「別跟我二爸說我來過……不然他應該會擰掉我的頭。」不，其實他覺得應該不只是擰掉頭這麼簡單，很有可能會讓他陷入某種更悲慘的境界。

「這沒問題。」很不想到那面圍牆後面的玖深，心情大好地拍著他的肩膀：「等會兒玖深哥請你吃個飯，天色不早了，可以叫小聿一起出來喔！」太好了，有半個陰陽眼的好過完全沒有，至少阿因知道哪邊有那個東西之後，他可以閃離那個地方遠一點。

對非科學現象很沒輒的玖深，打從心底感謝老天給他逃脫靈異現象用的警示助手一名。他可不想在一頭撞到「那東西」時自己還完全不曉得，光想就覺得很恐怖。

其實命案現場離他們並不遠，步行幾步後轉過街道就到了。如同上午發現時一樣，封鎖線還是拉著的，加上玖深共兩個員警正在往沒有人住的那面圍牆後面檢查，另外有員警在外面維持秩序，以免好奇的民眾跑進來干擾工作。

不知道爲什麼，明明只是一件命案，居然可以吸引這麼多沒事幹的人，最近的人未免也太閒了吧？

看著巷內的血跡，虞因不難想像今早這裡還躺著已經失去氣息的人，任由旁人指指點點或被嚇跑，都再也不會抗議了。

「徐茹嫻，徐小姐，上午家屬已經前來認屍，確定是本人無誤，不過家屬並不清楚她的交友狀況。另外，也查出她是某家化妝品品牌的專櫃小姐，同事對她的風評不錯，似乎不像是與人有過節，所以還在深入調查……不排除是隨機殺人。」越過封鎖線，玖深拋出手套給一旁臨時抓來的人，正在工作的另一個員警也認識虞因，大家心照不宣地點點頭，什麼都沒說。

走過圍牆後面，沒有人的平房其實也已經差不多荒廢了，木製的建築物崩塌傾圮，四周長滿了雜草樹藤。這時是下午五點將近傍晚時刻，天色使得這地方給人有點詭異的感覺，原本還有著蟲鳴聲的地方，被侵入者一接近，全都化成了死寂的安靜，只剩下一些小雜蟲快速在草間跳來跳去、急忙竄逃的痕跡。

天空有點灰。

他最討厭在這種時候來這種地方，日與夜交錯的那一瞬間肯定不會有什麼好事。

「這裡沒找到有人出入的跡象，不過相片上拍到了，你二爸要我們在這邊重新找一次。」一眼望去，早早就到場的玖深嘆了口氣。他們進來時就知道這裡沒人，除了雜草之外就只剩滿地的垃圾，茂密的草沒有被人踩踏過的痕跡。回去後報告他家老大肯定不信，又會自己殺過來了。

「你就回去跟二爸說，報告長官，只找到好兄弟路過痕跡一枚，因為無從考證，所以還留在原地。」依這種地理環境，應該要用飄的才過得去吧。

「別開玩笑，他肯定會把我的頭給拽掉。」還想好好活著的玖深瞥了身旁大學生一眼，抗議地說著。他跟著虞夏已不是一天、兩天了，當然很清楚對方的個性，非常暴躁直接，算是缺點，不過也是優點吧。

虞因聳聳肩，撥開了旁邊的草，走到盡頭的圍牆邊。

其實員警剛剛已經來翻找過一遍了，雜草整個被踩得東倒西歪，所以他走過來倒是挺快速的，只是蟲多了點讓人很煩而已，還不知道會不會有蛇冒出來。

「什麼也沒有。」四處翻看一下，虞因沒有看見什麼奇怪的東西，當然「另一方面」也是：「大概是路過吧？這裡面沒有可疑的……」

打量了圍牆一下，比他的個頭還高了些，早期圍牆其實都砌不高，爲了防盜會在上面布滿鐵絲與玻璃碎片，只要稍微注意一點，不要被割到受傷就行了。

邊這樣想著，他邊注意到下面還有以前遺留下來的磚頭，和牆上差不多的灰色磚塊應該是砌牆時留下的，基於腳賤和某種看到就想踩的原則，虞因踏了那些磚頭攀上圍牆，從這裡可以看見外面的命案現場。

一個女人在外面看著他。

虞因並沒有預料到圍牆外會有人，因此愣了一下，但是他很快就知道這不是「人」。

她蹲在小巷盡頭的雜物上，原本應該算是不錯的面容，滿布黑黑紅紅的斑紋痕跡，紅色與青紫色的皮膚顫動著，充斥著血絲的眼睛瞪向他這邊。

「阿因……？」

玖深的聲音突然變得有點遙遠。

看著那個女人，虞因聽見的是另一種幾乎異常的聲響。蹲在雜物上的女性張開嘴，他可以看見發黑的唇裡有著紫黑色的液體折射著某種光，她的喉嚨中發出一種像是蟾蜍還是青蛙之類的模糊聲音。

咯咯咯的，像是被什麼東西噎住一樣，無法說出話來。

她試著吐出什麼，不過只嗆出了點點的黑水，接著繼續發出讓人發毛的聲響。

反射性地，他吞了吞口水。夕陽像是被隔絕一樣，照不進那堆雜物裡，整條巷子後半段被陰影覆蓋，像是透過圍牆及這些鐵絲看見了另一個世界。

他感覺到一種純粹的惡意。

「你是阿聿的哥哥嗎？」

就在虞因被那個女人盯住、遲遲回不了神的時候，某個不屬於任何在場員警的女孩聲音劃破了僵持，他立即回過神再往那堆雜物的方向看去，蹲在上面的東西已經不見了。

他跳下磚頭，發現玖深不曉得什麼時候站在他後面，似乎有點緊張地盯著他。虞因抹了把臉，臉上有不少汗水，他四處張望一下，假裝沒事，這才轉向剛剛聲音傳來的地方。

「誰？」

回過頭，他看見一個小女生站在警戒線外。

□

「你女朋友？」

從雜草區出來後，虞因看見那個女孩旁邊還站著在他家寄養的小朋友，劈頭就先給他這樣一句。

抱著一疊書剛好經過這裡的聿連忙搖頭。

「你好，阿聿的哥哥，我是阿聿的朋友，名字是方苡薰。」有著及肩短髮和大眼睛的女孩大方地介紹自己，然後露出清秀可愛的笑容：「本來想搭公車去你們家玩，不過阿聿在半路上看到你的機車，我們就提早一站下車囉！」

對方穿著很眼熟的高中制服，虞因咳了一聲：「妳是我們附屬高中的？」他們大學對面有間高中，是跟大學同名的附屬高中，這件制服他快看到爛了。

「對啊，當阿聿說你是我們對面大學的學生時，我也覺得眞有緣，沒想到世界這麼小。」女高中生用高興的語氣說著。

「等等，我想先請問一下，你們兩個什麼時候變得這麼熟？」聽著眼前的小女生不停叫著阿聿，從不認爲旁邊那個紫眼小鬼在這邊會有熟人的虞因，轉頭看了一眼旁邊的男孩。

聿推了一下眼鏡，把視線移開。

「啊，阿聿沒跟你們說喔……眞是的，我們是在圖書館認識的，有好一陣子了，一開始是因爲去讀書才注意到的，阿聿都看原文書，所以我去請教他英文方面的事，後來就變成現在這樣了！」抓著旁邊想要閃躲的男孩的手臂，方苡薰眨著漂亮的眼睛說道。

「英文？」疑惑地瞄了聿一眼，果然看見他手上都是充滿外星文的厚書，虞因環起手：「所以你打算轉學考試進入的學校是我們對面那所？」他是知道這件奇怪的事，但沒想到這小子的目標就這麼近。

猶豫了一下，聿點點頭。

「請多多指教囉！」比出兩根手指，女孩這樣說著。

「呃……多多指教。」虞因尷尬地回笑著，深深覺得自己不太能應付現在的高中女生。沒想到聿居然會搭上這種的。

「那就不打擾你囉，我們要先去吃東西了。」勾著聿的手腕，女孩很爽快地用力揮手，一下子就把人給拉走了。

不曉得是不是錯覺，虞因看見那個戴眼鏡的小鬼臨走前好像多看了他一眼。

那個女孩給他一種怪怪的感覺。

說不上來，她太熱絡了，而且離開的速度也很快，快到讓人有點措手不及。

「阿因，怎麼回事？」因爲剛剛不好介入，等到兩個小的跑掉之後，玖深才迎了過來。

不知道他是想問圍牆的事，還是想問聿的事。虞因抓抓頭髮，才把精神放回剛剛的事情上面：「我說，你們那個死者的死因是什麼？」

「咦？」玖深倒退了三步：「你剛剛看到什麼？」

「先回答我。」虞因瞇起眼睛，覺得自己似乎還聽得到那種詭異的咯咯噎住的聲音。

「欸？目前還沒有什麼大問題，初步勘驗我們覺得可能是強盜殺人吧，因爲受害的小姐做了很大的抵抗，不排除是意外殺人。」這一類的案子，他們也遇過很多，大部分都是受害者越抵抗越容易受到傷害。

「臨時起意會這樣嗎……」無視於旁邊很緊張的員警，虞因想著剛剛看見的東西。只是短暫的視線接觸，他就可以感覺到對方強烈的惡意，和之前陳永皓的不同，不是沒情緒，也不是驅逐感，而是完全排斥與厭惡。

似乎只要侵犯了她的領域，就會被對方拖進那裡。

一般死者會這樣嗎？

他還以爲被誤殺的人以恨意居多。

直接變成地縛靈嗎？

好笑地把從漫畫中看來的名詞搖搖頭甩掉，虞因拍了一下旁邊鑑識員警的肩膀：「我說，玖深哥，如果你們眞的要處理這件案子，我建議你去預約收驚會比較好。」他是眞的這樣覺得，雖然他二爸是個大鐵齒，但是他底下的人不是，那個東西的態度已經很清楚了，要是繼續在這邊工作，可能眞的多少會有意外。

聽他這樣說，玖深開始覺得要想辦法推別的同僚過來死……不是，來代替他的職務，

「阿因……那有奇怪的地方嗎？」雖然他覺得有好兄弟已經夠奇怪了。

「說到奇怪……好像是她說不出話吧！」虞因搔搔頭，他覺得那個噎住的聲音比較奇怪。

「你果然看到了好兄弟！」玖深直接往後逃開一段距離。

「喂！不就是你叫我來看的嗎！渾蛋！」

「但是我不希望你眞的看到啊……」他現在眞的很想去預約他阿母介紹的廟收收驚了，但是他家上級已經發出警告。

唉，下屬眞難當。

□

女孩發出清脆的笑聲。

遠離封鎖區後，她放開手。

「哪，你『哥』還蠻帥的。」這樣說著，方苡薰揹著雙手轉了一圈，任由裙襬被微風吹得掀起一角：「我剛剛幫你瞞過去了，你什麼時候要來報考插班？」

聿看了她一眼，然後騰出手，低頭在手機的觸控式螢幕上寫下：「這學期我就會去了，如果遇到虞因他們，麻煩請不要多事。」

「好吧，誰教我只能找你幫忙。不過請你盡量快一點，最近我總覺得我學姊變得怪怪的……我不希望她也跟我們遇到一樣的事。」掩去了剛剛在人前扮的可愛表情，方苡薰正色說道：「雖然我們不怪你們，但是你有義務幫我這個忙。」

他們是在圖書館認識的。

那時候方苡薰只是去找一些藥物學的書，當她進去時，她看見在原文書區有另一個人也在找藥物學……雖然等級和她不一樣。

但是很快地，她就知道他是誰了。

「你爸爸殺死了我喜歡的人，但是我們都是被同樣的東西害的，爲了這件事，不管如何你都要幫我。」那時她只看見紫色的眼睛就知道他是誰了。雖然新聞被封鎖了消息，但是她們家鬧哄哄的，不想知道都很難。

沉默了一下，聿將手機螢幕對著她，「就算妳沒有來找我，我自己也會想辦法。」

兩個人互看了一眼，接著別開目光。

他們不是朋友。

黃昏的光線最後一次照射在街道上，很快地整個天色都轉爲黑色，路燈用規律的速度一一綻放開來，無限地往各個街角延伸。

並不打算繼續交談，聿正要收起手機，猛一看突然發現螢幕跳動了幾下，像是附近有什麼電波干擾。

「啊，這裡是有什麼東西嗎？」掏出自己的手機，方苡薰也看見螢幕在跳動著，還突然瞬間變黑，但是時間很短，立即就恢復正常了。

搖搖頭，聿反射性地抬頭四處張望，卻沒有看見什麼可疑的架設台。

「好奇怪喔，算了，我們先去找麥當勞吧，既然你哥要回家了，就不能去你家討論事情。」收起手機，方苡薰很快地改變了他們原先的計畫。

算是同意地點了下頭，聿還是有點疑惑地又向四周看了一下。

然後，他看見了。就在旁邊的大樓，有個陽台上站著一個長髮的女人，烏黑的髮被風吹得幾乎融入夜空，從這邊看不見她仰高的臉。

奇怪的是，那個女人後面的房子沒有開燈。

「你在發什麼呆？」走了一小段距離後，方苡薰發現沒人跟上來，她又重新折返詢問著，然後注意到對方的視線，所以她也跟著抬頭：「在看什麼？上面什麼也沒有耶……」

回過神之後，聿也看不到陽台上的女人了，取而代之的是裡面的電燈打開來，應該是走回去了。

那是一棟舊大樓，連警衛也沒有。

幽暗的樓梯間就直對著他們，旁邊是關閉的店面，上面還有被人在半夜塗鴉過後的痕跡，一張紅紙上還寫有「招租」的黑字。

不曉得怎麼搞的，那棟大樓給人一種奇異的感覺。

往上的黑色樓梯間沒有人打開電燈，反而像是看不見盡頭。

方苡薰打了個冷顫，下意識地拖住旁邊的人趕快移動腳步：「別看了，我們快走吧。」

這裡的感覺好陰，她很不喜歡。

才剛踏出一步，原本站在那邊的聿突然用力地將人往回拖。

還未搞清楚狀況，方苡薰只看見一個黑色影子出現在地上，瞬間由小變大，接著是劃破街道寧靜的匡啷破碎聲掉在他們腳前。

紅色的盆栽被砸得粉碎，泥土和仙人掌混在一起，攤開在地面上。

聿立刻抬起頭，看見大約四、五樓處有兩個小孩發出了嘻笑的聲音，然後衝回屋裡。

「死小孩——」同樣也看見那兩個小孩的惡作劇，方苡薰跳腳大叫著：「給我站住，我倒要看你家大人長什麼樣子！」說完，她便把剛剛那種詭異的感覺忘得一乾二淨，直覺就要殺上大樓找人理論。

旁邊的聿看著看著，突然臉色一變，立刻拉住她的手，接著頭也不回地就往前跑。

「等等……等我先宰過他們再說……」邊叫著，方苡薰心不甘情不願地被拉著跑了很遠，連抗議都來不及。

連跑了兩、三個街道後，聿才放開同樣氣喘吁吁女孩的手腕。

「什麼嘛，剛剛是怎樣啊？」方苡薰一邊抱怨著，一邊回頭看著那棟大樓，瞪著那兩個小孩惡作劇的地方。

接著，她也看出不對勁的地方了。

在六樓下方的四樓與五樓，屋子裡根本是暗的，甚至於那兩層樓都貼著招租的字樣，還有某家仲介的布條，一看就是很久沒有人住了。

別說是仙人掌了，連雜草應該都長不出來。

再往上看，其中一個樓層的陽台有個女人站在那邊看著他們。

方苡薰吞了吞口水，不敢再繼續看下去了。

她轉過頭，自動抓住旁邊男孩的手，全身也隨著夜晚的涼風開始發毛起來。

「我們快走吧。」

這裡眞的怪怪的。

3

「糖粉？」

「嗯，是糖粉。」

在家屬確認屍體的隔日，嚴司將新的報告丟過來，「砰」的一聲落在休息室的桌上。

「你可不可以下次直接拿去辦公室，我實在很不喜歡在喝茶時被丟報告。」放下手上的礦泉水，好不容易撥空來這裡喝茶的虞夏，撈過桌面上的公文夾，上面密密麻麻寫滿了英文和中文，有些是專業術語，旁邊還有附註記號。

「喔？辦公室？」拍了一下掌心，嚴司露出原來如此的表情，要是不說，他還眞忘記有辦公室這種東西，「不過上次去的時候我看到有蜘蛛網耶，如果把報告放在那邊，我覺得你應該過了半個月都還看不見，不如到這邊來抓人比較快。」他幾乎沒看過主人使用那間辦公室，連被警告、要求寫報告時，他都拿到休息室一邊吃東西一邊夾著筆電寫，完全不肯浪費時間。

「你放著我就會進去拿。」翻開公文夾內頁，裡面還有玖深那一份，除了屍體解剖報告外，還有螞蟻那份報告，他們似乎已經對螞蟻給予完善的「照顧」，連品種也寫上去了：「所以會有那麼多螞蟻是因爲她身上有很多糖粉？」

一般來說屍體是會招來螞蟻，但是這次在巷子裡看見的螞蟻數量實在太多了，才會讓他起疑。據說剛發現時，螞蟻還密密麻麻地覆蓋在上面，只是後來引起騷動，有人走動了之後才變少。

「正確來說，是少量的花生醬和滿身糖粉，屍體裡也檢驗出相關殘留物，根據玖深他們提供的報告，在詢問同事時，他們證明了死者在出事當天的確會拿著自製的花生蛋糕捲請大家吃。」嚴司頓了一下，其實這本來不是他的工作範圍，不過既然來了，當然也順便幫鑑識組那邊帶話：「衣服上沒有，但身上有沾黏，應該是在到達工作地點前更換了衣物，據說死者很喜歡手工自製一些甜點，所以並沒有不尋常。」

「另外也問到了死者生前似乎還有做其他的兼職工作，但也僅是賣些藥物、保養品之類的工作，有些固定客戶捧她的場，所以業績還不錯。」

「晚一點申請到住宅去搜索看看……」習慣性地交代事宜，才剛開口，虞夏就皺起眉，想起旁邊這傢伙並不隸屬於他這邊的單位：「等等，爲什麼不是玖深自己來報告？」

嚴司走過去搭著虞夏的肩膀，彈了報告的一角讓他翻過去，「玖深同學今天請假收驚去了，他跟下午的人調班，晚點才來。另外，我在死者的胃裡發現一枚有價値的物體，應該夠你們慢慢去找了。」

那個死傢伙，居然眞的跑去收驚。

虞夏正計畫著晚點要怎樣凌虐對方，這時他把注意力拉回到報告上。進一步解剖後，除了預期之中的受創傷口痕跡與蛋糕殘留物之外，在胃中發現了一枚戒指。

「戒指？」

「嗯，純銀的，上面刻著M.L.的兩個英文單字縮寫，但是不知道正確意思，尺寸是男人戒圍的大小，推測是戴在無名指或中指，已經有所磨損，大概戴了一段時間了。我想這東西如果是訂做的，應該可以猜出持有者身分……通常不太會有情侶定情時互呑戒指吧！放在蛋糕捲裡面也很難呑下去，尤其這東西還不算小。」嚴司聳聳肩，提出自己的看法，「比較麻煩的是戒指上面沒有店家刻號，可能要一家家去查找吧。」

「我知道了，謝啦！」既然有訂做的東西，那就不怕找不到了。虞夏闔起資料，在心中快速地規劃了該做的事宜：「先去申請公文，再跑一趟現場，晚點見。」

「欸，等等。」喊住正要衝出休息室的人，嚴司這樣說著：「胃裡有東西是收驚同學告訴我的，他要我留意死者吞進肚裡的東西。」雖然說就算他不用講自己遲早也會發現到。

「我曉得，他找過阿因。」

冷冷勾起笑容，虞夏想起要算帳的人應該有兩個。

玖深那傢伙，還眞的以爲沒有人會來通風報信嗎？

盯著那張娃娃臉一陣子，嚴司瞇起眼：「老大，你耳朵過敏嗎？」

下意識摸了摸自己的耳朵，虞夏搖搖頭，「應該沒有。」他是有感到一點點刺痛，但是早上盥洗時並沒有看到什麼過敏。

「發黑喔。」轉過休息室的小鏡子，嚴司疑惑地湊上去看了半晌：「看起來不像感染，你有空到我那邊去一趟，我幫你上點藥比較好。」奇怪了，他昨天看只是淺淺的擦傷，照理說應該過兩天就沒痕跡了，怎麼會開始發黑？

「有空就過去。」對這種事不是很在意的虞夏揮了揮手，從鏡子裡看見耳上昨天有淡紅色線的地方變成淡黑色，他想應該是瘀青之類的，所以隨口應了幾聲。

「要過來喔，如果傷口感染就麻煩了，別以爲小傷口就沒關係，一旦感染可是會死人的。」拍拍對方的肩膀，嚴司看了一下手錶：「我還有事先回工作室了，有問題再給我電話。」說著，他很快越過旁邊的人，離開了休息室。

看著嚴司大剌剌晃走之後，虞夏又抓了自己的耳朵兩下，不知怎麼地，他突然想起讓玖深去收驚的那張相片。

「嘖，想太多。」那不是他工作的範圍。

虞夏並不是鐵齒，畢竟他有個家人就「看得到」。只不過他認爲每個人的範圍不同，他們不了解的地方自然有那個地方的規則，正如同他所在的地區也有這裡的法律，所以他不允許有什麼想撈過界來干涉他的工作範圍。

他並不害怕他們，而他也覺得並沒有什麼特別好怕的。

這樣想著的時候，他腰間的手機突然響了起來。

拿起手機，虞夏同時也皺起眉，乾淨俐落的螢幕像是受到什麼干擾，閃動不停，上面沒有來電顯示，但是手機的確在響。

沒多加考慮，他直接接通了電話，「我虞夏。」

一開始，手機裡並沒有傳來任何聲響。

但是只維持了兩、三秒的時間，在虞夏還沒考慮到可能是收訊不良而準備掛掉之前，一種怪異的聲音就從手機裡傳來。

那是某種拖著東西的聲音，細小的、帶著一點點金屬的響聲，一開始是遙遠的，接著緩緩地像是往話筒這邊逼近，聲音越來越大。

有種對方好像快要貼上話筒的感覺，虞夏挑起眉：「有種打惡作劇電話，就給我當心一點。」他有空一定會去抓這種人來當消遣。

對方並沒有回應，那個聲音戛然停止，接著持續了很長的靜默聲。

數秒之後，他突然聽見小孩子的玩樂聲和一種像地下廣播電台的聲音，隱約還有賣藥郎中的吆喝。

小孩子的惡作劇？

不太對，因爲他聽見的小孩聲有點遙遠，打個比方來說，就像在房間另一端打鬧似地，而剛剛那個奇怪的聲音則是在話筒邊。

還來不及分析狀況，電話那端突然切斷了。

中斷的聲音讓虞夏把手機拿到眼前。

螢幕畫面已經恢復正常，不再跳動。他按下了系統控制的按鍵，來電記錄上卻沒有任何改變。

那通電話不存在，剛剛沒有人打給他。

「什麼東西啊？」

□

「這是什麼電話？」

莫名其妙地掛掉手機，方苡薰瞪著沒有來電記錄的手機。

同樣掛掉電話，聿臉上還是沒有什麼表情。

下午時間，在虞家大人都跑出去後，剛結束假日上午課輔的方苡薰撥了手機找他出來，約好在圖書館見面，而兩人正好在到達時同時接到一通電話。

但是接起來後，卻什麼也沒聽見，淨是一些亂七八糟的怪聲。

「大概是惡作劇電話。」聿在手機螢幕上寫下這樣的字，雖然有點懷疑，但是沒有告訴對方他在想什麼。

「惡作劇電話會同時讓我們接到嗎，別傻了，又不是寬頻接收器。」方苡薰用力地戳了一下他的額頭，然後把手機收回背袋裡，「還有，為什麼那個礙事的傢伙會跟來？」

「小妹妹，妳說的那個礙事傢伙是指我嗎？」停好機車回來正好聽到這句話的虞因，用非常和藹可親的虛僞笑容看著這個女孩。

他終於知道第一次看見她時為什麼會有那種不自然的感覺了。

這傢伙跟他某個校花同學很像，表裡不一。

「啊，人家才沒有，阿聿的哥哥你太多心了。」轉過頭，方苡薰捧著美少女面孔撒嬌地說。

「少來這套，我看太多了。」那個校花也差不多是這種德性。虞因突然深深感覺到女人眞是有兩種外貌，他有切身的體認。

「呿，跟來幹什麼？」

馬上換掉剛剛那種會誘人犯罪的營業式親切笑臉，方苡薰相當現實地露出了「你是礙事者」的表情，「不知道妨礙人家約會會被豬踢嗎？」

虞因轉過頭，看向拚命搖頭的另一個男孩：「你們在約會嗎？」

快速地把手機螢幕轉給那位大學生，聿表達非常堅定的立場：「並沒有！」

「你到底跟來幹嘛？」根本沒有料到這傢伙會跟來，方苡薰瞇起眼睛，這也代表他們今天可以去的地方都得PASS了。

「我家老大叫我過來陪讀，大學生總比高中生好吧。如果這小子眞的想要參加插班考試，我多少還可以教他。」問題是他根本不知道可以教什麼，根據他的認知，聿的語文能力強到見鬼，應該是他反過來幫自己惡補才對吧？

「放心，我是全年級的前十名，有問題的地方我可以教他。所以你可以回去，不用來打擾我們……阿、因、哥、哥。」挽住聿的手臂，方苡薰俏皮地眨眨眼。

「不要在語尾用那種好像有愛心的方式說話，很噁心。」他聽到雞皮疙瘩都起來了。搓了搓手，虞因把視線轉開，「對了，你們剛剛在說什麼電話？」到的時候他剛好聽見惡作劇電話之類的字眼，只是後來被那傢伙給轉移了注意力。

方苡薰放開旁邊正在掙扎的人，聳聳肩：「不知道，說來滿奇怪的，我跟阿聿剛剛同時接到電話，可是手機並沒有顯示有來電，接通後卻聽到奇怪的聲音，拖東西、電台跟小孩，好像是一樣的電話打給我們兩個人，掛掉後又沒有來電記錄。」她才覺得奇怪，難道現在詐騙集團已經無聊到用無來電顯示科技來測試了嗎？

「沒有來電記錄？」虞因伸出手，向聿拿來那支白色手機，打開一看，裡面果然沒有任何來電記錄，只有眼前這女孩稍早打來的電話。

「嗯，也不知道是什麼電話，這樣惡作劇也太無聊了。」重點是兩人同時接到真是太離奇了，方苡薰這樣想著，卻想不出如何可以這樣打。

「搞不好是手機故障，我看我幫你送去手機門市檢查，你先用我的吧。」轉動手機，上面看起來沒有什麼問題，不過顧慮到使用上的方便性，虞因拿出自己的同款黑手機拋給聿。

「也幫我檢查吧。」方苡薰巴上他的手邊。

「自己去！」誰知道她是在哪裡弄來那支手機啊！

「小氣。」收回自己的手機，女孩哼哼了兩聲：「既然阿聿有人陪，那我就先去做我的事啦，下次見面再告訴你進度，掰掰。」她判斷既然有礙事的人在，那麼今天也不用找聿同行了，自己行動比較快。

點點頭，聿向她揮手道別。

看著女孩小跳步地走遠，虞因才把視線收回來，「你到底是怎麼認識這個女孩子的啊……」

張著紫色的眼睛盯了他一會兒，聿無聲地嘆了口氣，才往圖書館裡走。

「喂喂，你這小鬼嘆什麼氣！」他可是犧牲假日來陪讀的，對方居然還嘆氣！

正打算追上去時，虞因察覺到收在口袋裡的手機好像震動了兩下，一拿出來，看見上面的螢幕正閃爍著。

霎時，他感到某種細微的痛楚鑽到他的太陽穴裡。

不是頭痛的感覺，像是細微的針扎進去，僅短短不到兩秒鐘的時間又消失了。

手機螢幕一下黑、一下正常地不斷閃動著，頻率似乎有逐漸變快的傾向。

虞因揉了揉額際，看著手上的白色手機，前陣子才剛買，照理來說應該不會有什麼問題，爲什麼這麼快就故障了？

這樣想著，正準備關掉電源時，他看見了在螢幕閃爍之間似乎出現了另一種跳動的畫面。

抬頭看了一下，聿已經走進圖書館，他快步走到圖書館旁的樹下休息區，有幾個老人坐在那邊閒聊，還有老式的收音機正播放著電台悠悠的台語老歌。

虞因並沒注意那幾個老人看了他幾眼，瞇起眼盯著那支還在閃的手機。

那是一種像是電視跳頻的畫面，正常與變黑之間的短短一秒鐘有著第三種東西。

他買的這組新款手機是彩色螢幕，可以上網的，有畫面他並不覺得奇怪，但是不可能在沒有人使用下，卻自動跳出畫面。

閃爍間，他看見有什麼東西在移動……太過模糊的黑影縮成一團，上面還有好幾個很像長管的東西跟著動搖。那東西一開始有點距離，但是緩緩朝他這邊靠近。就像在電影上看見的某種奇怪生物，隨著移動逐漸開始在畫面中放大。

手機突然響起，畫面上並未顯示有來電。

被突如其來的聲音嚇了一跳，虞因差點把新手機摔掉了。緊緊抓住後，他沒有去接通電話，反而緊盯著還在跳動的畫面。

「這是什麼聲音！」

就在那東西快接近時，虞因聽見了旁邊的老人們傳來驚呼。

一轉頭他才注意到，不知道什麼時候，電台的老歌已經消失，取而代之的是某種沙沙的干擾聲。

他手上的手機已經停止聲響。

收音機裡傳來一種拖著東西的聲音。

帶著金屬的細微聲響，一開始好像還很遙遠，但是在老人們的環視下，傳出一陣陣移動的摩擦聲，像是金屬碰上地磚或別的東西阻礙一樣，接著越來越靠近收音機。

四周全都沉默下來了，包括虞因在內，每個人都看著那台老式收音機，都聽著移動的聲音離他們越來越近，似乎就快接近他們身旁，一種疑惑又肅靜的壓力慢慢地從每個人腳底下開始沿著背脊向上攀爬。

就在金屬聲碰撞上收音機另一端的那一秒，不知道是誰終於受不了了，發出一聲大叫，按掉了收音機，所有人同時也都被驚動得回過神來。

下意識地，虞因垂下視線，看了手機的畫面。

那裡擠著半張女人的臉。

幾乎接近死白的皮膚有著紫黑色紋路，渾濁的眼睛充滿了血絲，這樣的臉貼在畫面上像是馬上就可以穿透到這邊，他甚至可以看見螢幕的另一端沾上了屍體分泌出來的液體。

沒料到畫面會固定在這一格，虞因差點又把手機給摔掉。

不行，這樣他打工的錢又會變少了。

這樣想著，虞因將手機裡的電池抽出來，強制性地關掉了電源，整個螢幕隨著電力消失而「啪」的一聲變黑，什麼奇怪的東西都沒有了。

□

「聿，你最近去過什麼地方？」

衝進圖書館後，虞因不管三七二十一，便把正在原文書區找書的人拖了出來，旁邊整理書籍的圖書館員頻頻送給他白眼，他只好抓起對方一直到出了圖書館才發問。

歪著頭，聿疑惑地搖搖頭。

「你的手機從什麼時候開始出問題？」虞因深深覺得這不是鬼來電這麼簡單，他有種不好的感覺。

拿出虞因借他的黑手機，聿在面板上寫了字，把那棟大樓的異狀，以及今天手機的問題全部寫在上面，然後拿給他看。

快速將上面的字看過一遍後，虞因拖了人，往機車停放處走：「再帶我去一次。」不知道爲什麼，他就是覺得那個地方有問題，很大、很大的問題。

大概也知道不對勁了，聿沒有掙扎，乖乖地任他拉著走。接過安全帽之後，自己爬上後座。

在對方指引下，虞因很快就騎到那棟大樓下方。

然後，他發現另一件很巧合的事。

「這不就是二爸正在偵辦的那件命案現場附近嗎……」眞的距離不遠，甚至不用花多少時間就可以到達現場了。

聿看著他，點了點頭。

轉過身，虞因看著這棟大樓。

是一棟有點年代的老舊大樓，屋齡應該不算短，沒有現代的警衛室，旁邊是店面，另一邊就是往上的開放式樓梯。可能之前曾設有鐵門，因爲還留有裝過鐵門的邊框痕跡，但不知道為什麼，鐵門已消失不見。

牆壁四周被貼上不少廣告貼紙，什麼徵信社、抓漏、搬家、色情電話，一應俱全，還會不停重疊上去好幾張販售招租的紅紙，比較空的牆面上被用噴漆噴了小圖，再來就是大樓的門牌號碼跟信箱。這棟樓往上一共有十層樓，每一樓只有一戶住家，是屬於比較早期蓋的房子。

看來這裡的住戶不多，二、三樓的鐵窗泛鏽的痕跡很嚴重，裡面似乎還有人固定進出，但是應該沒住在這裡，門窗緊閉著，不知道究竟如何。

一台修理玻璃紗窗的車子從他們後面經過，廣告聲短暫劃破了寧靜，然後又慢慢遠去。四周隨之又陷入沉默性的死寂。

往上好幾間房子都在招租，更上層似乎還有住戶，有人將衣物晾在陽台外面。

虞因低頭看向大樓的入口處。

隱隱約約可以看見裡面電梯的微弱光芒，大樓間的小電梯沉默地在原地等待有人上前使用它。

「你們說看到的小孩子是在四樓還是五樓？」看著外面都貼著招租的布條，虞因問著一旁的男孩。

聿點點頭，然後比出「四」的手勢。

那時候方苡薰可能沒看清楚，但他很確定是在四樓，有兩個小孩笑著跑進去。

看著雖是大白天但仍舊黑暗、陽光照不進的樓梯間，虞因開始覺得有點發毛，要是平常，他真的很不想進去這種地方。

聿推了他一下，往後縮了一步，抓住他的衣襬。

「你也感覺這裡怪怪的，對吧……」有種打從腳底開始發涼的感覺，虞因暗暗地吞了下口水，「我看我們還是不要隨便上去……畢竟這裡是別人的家。」

後面的男孩還未表示什麼，他們兩個人身上的手機就先大肆作響。

如果是聿身上那支手機響起還好，但是……虞因看了一下自己的口袋，他剛剛拔下了電池，還沒裝回去。

「你們兩個在這裡幹什麼！」

「哇啊！」

猛然的喝聲讓虞因一把抓住自己後面的男孩，往前跑開幾步，接著他才發現不對勁，那個聲音太耳熟了，一轉頭他馬上鬆口氣。「二爸你要嚇死人喔！有夠恐怖的，下次走路拜託發出一點聲音好不好。」他以爲他在練輕功嗎，無聲無息地出現，本來還沒被嚇到，現在都被他嚇到了。

剛剛還在大響的手機也似乎被嚇到了，整個安靜下來。

瞇起眼看著自家被嚇到的小孩，跟後面那個被嚇到，可是還是面無表情，只是微微瞪大眼睛的小孩，一手拿著手機的虞夏晃了晃，「你做了什麼虧心事，怕我站在你後面？」

「才沒有……是說二爸你在這裡幹什麼？」片刻前那種詭異的氣氛都被這個人給打散了，不過虞因反而放下心來，不再有剛剛的緊張感了。

有時他眞的很慶幸有二爸的存在，有他在的地方什麼「東西」都會清潔溜溜，周遭空氣眞是乾淨到讓人無限嫉妒。

收起手機，虞夏抬頭看了一眼大樓上方，順便也掃視周遭，「沒幹什麼，我只是回現場去看看有沒有遺漏什麼，順便在附近問問有沒有人發現可疑的陌生人，然後就接到電話了。」

「該不會也是拖著東西？你的螢幕有顯示那個女人嗎？」狐疑地盯著自家二爸手上的手

機，虞因一想到剛剛那個畫面，就覺得不太舒服。

「女人？什麼女人，就只是畫面一直閃而已……等等，你們也接到一樣的電話？」虞夏看著兩個正點著頭的小孩，突然知道他們爲什麼會在這邊了。

把事情大致說了一遍，虞因拎著旁邊的事，「是他的手機，不是我的。」這次他的手機逃過一劫，不然每次都高頻率的碰到怪東西快讓他想哭了，現在總算有可以平衡的時候了。

「這麼說來，我也是在經過這附近才開始收到這種電話的。」回憶起那天從命案現場離開之後發生的事，虞夏聳聳肩，其實不太相信這種事。

「等等，那爲什麼二爸你會到這裡來？」

命案現場雖然在這附近，不過要到大樓還是有段距離，既然虞夏沒有看到那個畫面，爲什麼剛剛他來的時候是拿著手機過來的。虞因心中有著非常大的疑問。

「剛剛接起電話時沒有聽到聲音，不過後來有聽到修理東西廣告車的音樂，之後看到那台車從我們那邊的巷子轉出來，以時間和路程來計算差不多在這一帶，我是來碰碰運氣，想看看是哪個傢伙吃飽太閒沒事幹。」剛好他就在附近，不然虞夏原本打算試著丟給那個去收驚的傢伙查找。

盯著自家二爸，虞因覺得剛剛自己好像問了一堆廢話。

他不該試圖想像他二爸是追著靈異現象來的……要真的是，那今天一定會下紅雨，海水倒灌、陸地淹沒！

「你們剛剛說的是四樓嗎？」懶得跟他多扯，剛剛聽這兩個小子這樣形容，虞夏直覺感到似乎有什麼不對勁。

「嗯，不過二爸你不可以進去吧，你沒有公文。」這樣算是擅闖喔……

「有人看到才要公文，沒人看到就當作不知道就好了。」虞夏用這番完全不對的理由這樣帶過，然後毫無畏懼地直接走進去。

……是犯法的，絕對是犯法的。

虞因想著哪天要去偷偷舉發他。

一看見虞夏走進去，小聿也快步跟著跑進去。

「喂喂，你們兩個不用衝這麼快啊！」看著那兩人非常有志一同地捨棄電梯跑樓梯，虞因無力地喊了一下，當然沒有人會理他。

嘆了一口氣，虞因抬頭往上看。

就在那刻，他後悔看了上面。

在六樓與七樓之間，有個女人趴在兩樓的樓層外面，用非常不自然的姿勢——腳上頭下——看著他。黑色長髮全都垂下，森白色的臉被包圍在失去光澤的髮絲裡面對著他。

他整個人都毛了起來。

「二爸、聿，等等我！」

衝進黑色的樓梯間後，虞因似乎還聽見外面傳來小孩子的嬉戲聲。

「匡」的一聲，他身後有東西掉下來砸在地面上。

然後，只聽到小孩拍著手在上面大笑。

整個樓梯間靜悄悄的。

看著周邊牆壁發黃剝落的油漆，虞因快步追上早一步進來的另外兩個人，其實他們走得並不快，才正要踏上二樓。

「這邊好像沒有什麼人住。」左右看了一下，為了排解有點窒人的氣氛，虞因首先開口說出他的疑問：「大樓看起來不像地震之後的危樓啊……」

「三年前，這裡曾發生事故，有戶人家包括三個子女和父母突然失蹤了，父母後來在外海口被找到時已經沒有氣息，屍體在海裡泡了好幾天，後來經驗屍比對才確認出身分。其中一個小孩被發現昏迷在山區，精神已經不太正常了，找到時花了一番工夫才讓他穩定下來。另外兩個到現在還找不到人，唯一找到的那個孩子，到現在仍問不出來當時所發生的事，所以案子一直沒有進展。」對這案件還有著印象的虞夏，瞥了他一眼，冷冷說著：「之後這棟大樓的住戶開始陸續搬離，就變成這樣了。」

「這件案子是二爸你負責的嗎？」虞因脫口而出，他想起三年前好像眞的有過這麼一件事，只不過他不記得是不是由他的家人負責處理，要不然早晚餐桌上一定會聽到才對。

果然，虞夏搖搖頭：「不是我，那時阿凱還在，是他經手的，之後阿凱走了，便轉到別組手上，一直沒有發現進一步的線索，現在只剩下組員定時會去找那個唯一倖存者問話吧。」他最後的記憶還停留在什麼都問不出來當中，所以應該還是個懸案。

「阿凱哥啊……」提到認識的人，虞因悶悶地咳了一聲，沒再繼續話題。

旁邊的聿不太理解兩個人的氣氛爲何突然變得有點凝重，小心翼翼地推了一下走在旁邊的虞因。

「喔，阿凱哥全名是王釋凱。」虞因將聲音放低，不過在這種安靜的樓梯間，還是聽得很清楚。他偷偷瞄了一眼走在面前的人，繼續說著：「是二爸的前輩，大約一年前追蹤毒品案時不知道被捲入什麼事，後來發生槍擊案件，送到醫院時已經不行了。當時有抓到幾個人，但是開槍的人跑掉了，抓到的那幾個只是打手，根本也問不出什麼來。」

其實這種事不可能完全不會發生，有黑就有白，有好人就有壞人。自從虞因懂事以來，他已經看過很多因公殉職的人，還有受創的人，雖然永遠都不可能會習慣，但是眞的發生時，任誰都沒有辦法阻止。

「就是這間吧。」虞夏打斷了後面兩人的竊竊私語，停在四樓住戶門口。

老舊的鐵門深鎖著，上面貼了幾張廣告單，還有附著一層厚重的灰塵，一看就知道已經很久沒有人出入了。

「鎖著啊……」敲了敲鐵門，虞因說著。

「找房東拿鑰匙。」評估鐵門沒辦法立刻破壞，虞夏撕下旁邊已經覆上一層灰的招租廣告單，走到旁邊撥打上面的電話。

「要等到民國幾年啊……」

轉過頭，虞因瞥向鐵門上的貓眼一看，貓眼裡面是黑色的。

貓眼是黑色的？

印象中應該是隱隱約約能看見裡面的透明色才對……

遲了兩秒，虞因才意識到有人從裡面透過貓眼看著他們，那一點黑色不是屋內擺飾，是有人的眼睛在貓眼後面窺視他們，因爲他看見那個黑點移動了一下，又晃了回來。

「二爸，裡面有人。」想也不想，虞因連忙喊出聲。

掛掉無人接聽的手機，虞夏很快靠到門板邊，同時也看見貓眼裡的異樣：「誰在裡面！」抬起手用力敲了鐵門好幾下，隨著力道的震動發出了強烈的噪音，原本安靜的樓梯間也迴盪著聲響，突兀得驚人。

「這時要說的應該是打擾了吧……」虞因看著旁邊正在敲門的人，咕噥著說。

「這房子已經很久沒有人住了，如果有人，絕對不是正常住戶，沒叫他滾出來就不錯了。」虞夏連敲了好幾下後，站在比較後面的聿突然拍拍他們兩人的肩膀。

兩人不約而同地轉過去看他。

聿無聲地收回手，將視線往下挪，落在門把處。

虞因也看過去，像是停止的空氣中，鎖住的鐵門突然發出細微的聲響，接著是門把輕輕轉動了一下。

鐵門打開了。

虞因和虞夏對看了一眼，這是在表明歡迎他們蒞臨參觀？

沒多加思考，虞夏推開門，鐵門發出奇異的聲響後往後移動，在所有人面前露出了通道。

整個房裡靜悄悄的，還維持著屋主離開時的模樣。

大概是出事之後曾有親戚來幫他們整理過，家具都還在，只是上面蓋了防塵布和塑膠布，地上多了一層灰塵，一踏進去立刻就印上了來人的腳印。

打量過四周的環境，虞夏很快地皺起眉。

一開門他就知道這個房間裡沒有任何人，滿地平靜的灰塵可以證明一切，而且屋子裡有一種長年密閉的氣味，應該是很久未有新鮮空氣流通了。

往前走了幾步，虞夏看了鐵門後面，果然完全沒有人，地上的痕跡也證明剛剛並沒有人在屋內走動，於是他踏進房子。

這是很普通的住家，三房兩廳附帶廚房和兩間衛浴設備，客廳裡面有個供奉神明的小小神桌，早已沒有燃香，連木雕的神像都蒙上了一層灰。

牆壁上整齊地貼著壁紙，顯示這裡的屋主曾經規劃過自己未來生活的小小房屋。

既然都進來了，虞夏乾脆直接晃進去，將整間房子的格局稍微調查一遍。三個房間裡面有一間是主臥室，另外兩間是小孩房，地上到處都有未收拾好的玩具，主臥室裡也沒有明顯可疑的物體。

房間裡可以看見一些相片，大部分是三個小孩由小到大的成長記錄，有些還放大了掛在牆上。

留在客廳的虞因轉了轉，沒有跟上去。門上的貓眼在開了門之後，已經變回正常的透明樣子，黑色的痕跡不知道在什麼時候消失了。

跟在他後面的聿，顯然也沒有到處探險的興趣，一雙眼睛就盯在那張小神桌上。

「好像沒什麼奇怪的地方嘛……」這樣說著，虞因走向緊閉的窗台，那裡據說是丟仙人掌的地方。他開鎖後打開窗，停滯的空氣一下子就被抽出去，新鮮空氣換進屋內，也吹起了沉默已久的灰塵。

外面是那種到處可見，裝了鐵窗的陽台，鐵窗已經鏽得很厲害了，陽台上有著幾盆根本已經沒有植物，只剩下一半泥土的盆栽。

大概是長年沒有人居住，陽台上甚至有鳥類住過的痕跡，到處都是鳥大便，甚至還有腐朽的小骨頭，以及一些亂七八糟的東西。

一支衣架，很神奇地竟沒有被大小颱風吹落，還掛在上面晃著。

在陽台的一片雜亂當中，虞因嗅到了一種味道。

那是不應該出現在這房裡的氣味，某種東西腐朽的惡劣氣息，淡淡地隨風飄散，但是他很清楚地聞到了。

如果嚴司在這邊，肯定不會像他這麼猶豫，當場就可以說出那是什麼味道。

「你們是誰？」

突然的一個問句，讓虞因立刻轉頭看向大門處，一個大概是大樓住戶的婦女提著菜籃站在外面：「你們為什麼會在裡面？」

虞夏注意到外面的騷動，快步地走出來，一面出示自己的證件。

聽著自家二爸編著「有人舉報這裡有陌生人侵入」之類的藉口說服那個住戶，虞因一轉頭，便看見那個一聲不吭的聿不曉得什麼時候已經站在小神桌前，拉開下面的小抽屜翻找東西。

「你在幹嘛？」趁外面兩個大人在說話，虞因連忙抓住他的手腕。

聿轉過頭，看著他。

從那雙紫色的眼睛裡面，虞因察覺到一種不太對勁的氣息。

向來很少表現出情緒的聿露出了慌張的神情。

他看向抽屜裡面，裡頭擺放著爻和開封過用到一半的線香，幾個敬神的小杯子也塞在裡面，並沒有什麼不尋常。

然後，他看見了。

在聿的身後，那個小神桌後方有個小孩子探出頭，正在窺視他們。

□

「說到不尋常的地方，是之前有陣子樓上會傳來吵架聲吧！四、五樓這裡倒沒有什麼。」

在警察的詢問下，提著菜籃的婦人很合作地回答，雖然她對這個有點像高中生的警員感到有所懷疑，但證件又不像是假的，於是還是將自己所知道的事情完全說出來。

「樓上？」

「對呀，七樓那個住戶不知道怎麼搞的，前一陣子老是跟女人吵架，不過這陣子安靜很多，也沒看到人，大概是又出去工作了吧。」露出了婆婆媽媽的特色，婦人像是在閒聊般說著，不用虞夏詢問，自己就吐出了不少東西。「聽說七樓那個住戶是小模特兒，她的男朋友住在六樓，前陣子老是有個女人上七樓吵，不過現在沒有了，算一算大概也快一星期了。」

「沒在六樓？」

「沒有，都是在七樓，六樓那個男的好像在外地工作，久久才回來一次。」頓了頓，婦人瞄了上方一眼：「我們這棟大樓也沒住多少人，像我跟小孩是……九樓的，其他大概還有兩、三戶吧，所以一有事情發生大家都滿清楚的，你可以再去問問其他人。我還要回去煮飯，就先這樣啦。」

「嗯，謝謝妳的合作。」虞夏讓開身，讓婦人走上樓梯。

踏著樓梯的聲音在上方逐漸變小。

虞夏收回筆記本，一轉頭正好聽見他家兒子的驚呼聲。

「喂、喂，你怎麼了？」拽住突然癱倒的聿，虞因連忙喊出聲：「二爸，快點！」

虞夏連忙跑到一邊，幫忙將人給拽出房子，「你們在幹什麼？」

「跟我沒關係，他突然就變成這樣了。」讓這個突然出問題的小孩坐在樓梯間，虞因蹲下身看著他：「有沒有哪裡不舒服？」他剛剛看見的那個小孩馬上就跑開了，也沒有對他們做什麼，爲什麼聿的反應會這麼大？

被人支撐著坐在樓梯上，聿深呼吸了幾次，才勉強搖搖頭表示沒事。

虞夏站起身，再度進入房子，將神桌附近查看了一下，接著他微微愣住了，往後退到門口，左右張望了一小段時間。

「二爸，房裡有問題嗎？」虞因注意到他的樣子也不太尋常，一邊扶著人一邊問著。

虞夏瞇起眼睛，在確認過整個房子的格局後，才回頭看著那個突然異常的小孩：「小聿……你該不會是因爲這房子的格局和你家很像吧？」他並沒有迂迴詢問，有話直說向來是他的習慣。

雖然不能完全肯定，但是依照他的記憶，這房子的格局……甚至某些擺飾，的確和少荻家有點像，包括設有神桌這一點也一樣，只是神桌稍微小了點。

「你家？」訝異地看著正在調整呼吸的人，難得聽見他家大人提出這件事的虞因開了口。

他還記得，當初就是因爲少荻家發生了案件，小聿才會被送來他家，是由他二爸負責這件案子的。但是不知道爲什麼，大爸和二爸完全不肯透露相關案情，他也沒有主動去追問，只是現在聽到讓人覺得突兀……

抿起唇，聿搖搖頭，什麼也沒有多說。

看得出來此刻沒辦法多問，虞夏呼了口氣，然後抓抓短髮：「我看這間房子大概也沒有什麼異常，過兩天我申請公文，再正式過來看看，今天就先這樣吧。」他整個看過一遍之後，不覺得近期內有人在這裡居住過，但是剛剛像是有人的樣子又讓他很介意。

「嗯，我想先帶聿回家休息比較好——」

這樣說著的時候，樓梯間上面突然傳來類似跑步的腳步聲，匆匆忙忙、憑空傳來，打斷了他們原本的交談。劃破了幽靜的空間，帶著小孩子的嬉笑，那聲音離他們不遠，向上跑開。

「站住！」最先反應過來的是虞夏，他一把抓住樓梯扶手，直接越過兩個擋在中間的自家小孩，一翻身就往上攀跳上去，立即要追逐那種怪異的聲音往上跑。

「二爸！那不是人啦！」爲什麼他要這麼直接衝去抓鬼，那個聲音無論怎麼聽都不是人的聲音，剛剛還突然響起來耶！正常人應該都會先冷靜地猶豫一下才對吧？

推著虞因，還爬不太起來的聿又試著將他往上推了幾次。

虞因回過頭，看著他：「你一個人可以嗎？」他知道這小傢伙要他去追二爸，不過他的狀況也不是很好。

點了點頭，聿又推了他兩、三次。

確定對方應該真的沒有問題，加上擔心去追鬼的那塊鐵板會發生意外，虞因也急忙三步併作兩步追上已經跑有一、兩層樓的那一大串腳步聲。

安靜的大樓開始吵雜起來。

連追了幾層樓後，氣喘吁吁的虞因很快就發現臉不紅氣不喘的虞夏站在七樓住戶前，皺起眉不知在看些什麼。

一停下腳步，他也感覺到七樓的空氣好像不太對勁。

剛剛那種淡淡的臭味在這邊也嗅得到，而且變得更明顯。

「這個味道是……」

「報警。」虞夏直接把自己的手機丟過去，簡單俐落地吐出兩個字。

「喔、好。」接過手機，虞因很快就發現了異常狀況。除了虞夏的手機，連他手上這支手機也一樣，一撥號就充滿雜訊，甚至連撥都撥不出去，像是有什麼東西干擾著。

按了好幾次門鈴都沒有人來應門，虞夏用力拍打了好一會兒門板。

巨大的聲音引來別層的住戶，一開始是好幾個抱怨吵死了之類的怒罵聲，接著可能也察覺到不對勁，幾個人下樓在旁邊觀看。

一直打不通電話的虞因拜託一個從下面跑上來、看起來頗年輕的男人先報警，順便也將人擋在外面。

拍門拍了很久，卻沒得到任何回應，虞夏當下立刻作出決定，然後轉過頭看向那幾個住戶：「誰住八樓？」

其中有個中年男子默默舉手。

「陽台沒鐵窗？好，借我！」虞夏抓著那個人，無視於一干住戶訝異的表情，拉著人就往八樓跑。

「二爸，你要幹什麼！」有種不妙的預感，正想追上去的虞因才走兩步就停了下來。

他聽見剛剛還沒有人回應的門內傳來一種聲音，那種拖著金屬的聲音就在屋內迴響，但是其他人似乎都聽不見，只是站在樓梯邊議論紛紛。

那個聲音和手機裡面聽到的聲音很相似。

沒太多時間讓他去搞清楚那個聲音是怎麼回事，晚了他們很久的聿從人群後面走出來，一臉疑惑地看著他。

聲音乍然停止，取而代之的是八樓傳來的驚呼聲，以及七樓房裡傳來的碰撞聲。

不用想也知道他家二爸做了什麼事。

緊鎖的大門發出了細微的聲音，門鎖從裡面被打開，門開的那瞬間傳出了更濃的臭味，好幾個人一聞，紛紛皺著眉閃避，但是味道並沒有他想像中那麼濃重。

出現在門後的是虞夏，他的臉上還有一點點泛紅的擦傷，看來應該是進入七樓時不慎擦到陽台的水泥或其他建材。

「我要跟大爸說你從八樓跳下來。」他們家大爸已經多次警告他們不准搞特技了。虞因對明顯是從八樓陽台翻到七樓的二爸說。

「囉唆，走開！警察來了沒有？」門完全打開後，虞夏這樣問著。

九樓的太太連忙說已經報警了。

打算進去七樓房裡的虞因被二爸阻擋在外，他很快就確認了那股味道的確就是他想像中的味道。

越過了虞夏的肩膀，看到客廳後方的陽台。

和四樓是相同的格局，他很輕易地確定了位置。

但是和四樓完全不同的是——

這裡多了一具屍體。

□

「老大，你知道嗎，現在局裡很多人都暗地裡傳說你是嵩山不知道第幾代的弟子耶。」

臨時被通知來現場的嚴司晃著腳步，一邊照著程序檢驗屍體，一邊看著旁邊的人這樣說著：「拜託，從八樓跳到七樓，你是想嚇死住戶，還是要給兒童作不良示範，下次有這種神祕舉動時可以先通知我一下嗎？我眞想幫你錄影好珍藏留念耶！」太好了，他們終於發現除了空手破磚外，這該死的娃娃臉還會跳樓特技，不管怎麼想嚴司都覺得太感動了。

他被派到一個有武林高手的地方！

說不定他未來還有機會可以見識到「鐵頭功」和「金鐘罩」。

「不然你要我開槍打壞門嗎，那可是要寫報告的。」虞夏瞥了他一眼，語氣不善地說：「而且我不是用跳的，只是抓住圍牆晃下來。」又不是找死，用跳會直接掉到一樓，被救護車送走吧。

下午，七樓拉起了封鎖線。

在虞夏從八樓陽台入侵七樓之後，立即發現七樓有一具屍體。從外表看來，死者的死亡時間應該已經有兩、三天左右了，或許是因爲屍體有一半暴露在陽台外，屍體腐爛程度與水泡狀況相當嚴重，四周也爬滿了蛆蟲、螞蟻。

像是在掙扎一樣，屍體下半身在屋裡，上半身在陽台，但是讓所有人都無法忽視的，則是原本應該架設在陽台上的室外天線不知道爲什麼倒了下來，整支插入屍體的上半身，像是被釘死的標本。他們可以想見當初死者絕對是連掙扎都來不及，就這樣活生生地在這邊失去了氣息。

「你那就算跳了，而且基本上我覺得跳樓應該也要寫報告。」要對上級交代驚嚇住戶的緣由。一邊這樣想著，嚴司快速地幫屍體作了初步檢驗，四周員警也紛紛採集證物和拍攝現場相片，部分員警則詢問圍觀的住戶們問題。

待在外面沒有進去的虞因聽見了住戶們疑惑的回答。

不曉得什麼原因，這些人天天都會出入電梯、樓梯，卻沒有人發現七樓的異常，連八樓的住戶也聲稱沒有聞到屍體發臭的味道。

他們就像平常一樣生活，完全沒有人知道這裡發生命案。

看著屋內，女性死者蓄有一頭已經失去光澤的長髮，不知道是不是巧合，這讓虞因有種窒息的感覺。

「死者應該就是這裡的屋主，賴綺琳，二十三歲，職業模特兒，不過她的經紀公司規模並不大，主要工作是活動展場的通告。」拿著剛剛收到的資料，玖深快步上前向虞夏報告：「單身，獨自住在這裡，樓下住的男友據說是跑船的，最近都不在家。經紀公司那邊說已經有三、四天沒聯絡上她了，原本這兩天要來找人。」

「不用找了，跟她公司說等一下我們會派人過去問一些問題，請他們盡可能把認識死者的人都留在裡面。」

「明白。」

檢視著屋內，虞夏沒有看到太多可疑的物品，桌上還留有一些保養品和膠囊類的減肥藥，剛剛玖深已經採樣送去鑑定。房裡收拾得很乾淨，沒有太多雜物，看來屋主生前過得相當節儉；房內的衣物也收拾得整整齊齊，沒有任何異樣。

唯一紛亂的就是陽台四周，幾樣擺好的東西被打亂在地上，還有一些小玻璃碎片之類的東西，不曉得是掙扎時打落，或者是有第二者在這裡時翻弄下來的。

看著屋內一貫的流程與動作，虞因總覺得哪裡不太對勁。

對了，如果她的死因是這樣……那爲什麼他看見時沒有那截天線？

想到在樓下看到的東西，虞因咳了一聲，不太願意繼續回想。不過既然有天線，那麼干擾聲響裡奇怪的金屬聲也得到解釋了。

很快地，作好初步驗屍後，嚴司讓開讓其他人開始作搬運屍體的動作，他自己則是拉著虞夏到旁邊不曉得在說些什麼。

「我們先回去吧。」看狀況，問話已結束，二爸也不可能讓他進去攪和，虞因注意到時間不早，大爸可能到家了。他拉拉旁邊一反先前，似乎對屋內很沒興趣的聿說。

聿看了他一眼，點點頭。

向虞夏及其他員警打過招呼後，他們兩個沿著樓梯往下走。

因爲住戶們好奇圍觀，所以往下的樓梯已經沒有來時那樣可怕，樓梯間的電燈全都打開來了，四周一片明亮。

路過四樓時，鐵門已經關起來了，不知道是房東還是員警關的，裡面一片漆黑。

看了一下四樓那扇鐵門，虞因隱隱約約覺得，還是有人透過狹小的貓眼，看著外面所有的動靜。

不想多作臆測，他拉著聿很快就來到一樓。

外面的警車正亮著燈，幾名記者被擋在外，一看到他們下來，其中一、兩個試圖衝上來訪問，不過虞因很老練地甩掉他們，帶著聿回到摩托車邊。

那時大概是他下意識的反應。

他抬起頭，看見燈火通明的七樓陽台邊站著一個女人，夜風將她的長髮吹得狂舞飛散，看不清楚的面孔對上了他的視線。

站在那邊的女人緩緩勾起了冷笑。

低下頭，虞因不再繼續看。

「我們回家吧。」

街道的路燈逐漸點亮，一盞盞地往遠處蔓延著，不曉得會通往什麼地方。

隱隱約約，風中似乎還傳來那種怪異的干擾聲，挾帶著些許電台聲，還有幾乎要聽不見的孩童的玩樂聲。

長髮女人，消失在空氣中。

一抹咖啡的香氣從這一端傳到另一端。

店內的聲音並不大，幾個服務生端著茶點，穿梭在各個角落。

他們坐在角落且有竹簾擋住其他客人視線，而方苡薰正咬著吸管，瞪著漂亮的大眼睛，看著把她叫出來的兩個人。

「所以上面有個死人？」沒想到去四樓找小孩會變成找到死人，她訝異地看著眼前告知她這件事的兄弟檔：「奇怪了，我們那天去並沒有什麼不對……」她忽然停住了口，不是沒有不對，是太過不對了。

只是那種不對的方式跟這種不太一樣。

「聽說屍體正在檢驗，還要釐清一些事，所以你們沒事不要再亂跑到那邊去了。」看著眼前似乎躍躍欲試的女孩，虞因補上這句話。

「哎呀，不用擔心啦，我又不是吃飽太閒，自找麻煩。」方苡薰咧開嘴微笑著，她揮揮手，表現出對方窮緊張的樣子。

有那麼一秒鐘，虞因覺得自己好像扮演了先前大爸、二爸的角色，眼前的女孩就等於自己。原來這樣對調立場，是真的會想扁她。

坐在旁邊的聿默默拿出手機寫字，然後轉給虞因：**「我們等會兒要去圖書館，你不是還有事嗎？」**

「喔，我要去二爸那邊一趟……」

「喂喂，剛剛是誰說不能去啊！」方苡薰很快地打斷他的話。

「妳以為我想去嗎，我二爸因為趕時間，忘記把手機拿回去了，今天一堆人打手機找他，不送回去行嗎！」光顧著跳樓追屍體，虞夏今早完全忘了向他把手機拿回去，一整個早上都是局裡的來電，光聽那些電話，虞因就知道他家二爸為什麼會這麼忙了。

剛剛打電話給玖深，聽說了虞夏等會兒跟檢察官約在現場查證，所以虞因打算繞過去。

「那就快滾吧！」

咬著吸管的漂亮女孩說出會讓人吐血的話。

「真是的，你們兩個千萬不要做什麼奇怪的事來喔！」虞因一邊交代一邊站起身。聿他多少還了解，但是這個奇怪的女孩讓他有種怪怪的感覺，他有點擔心聿會被牽著鼻子走，雖然他不曉得這兩個人爲什麼會搭在一起。

「安啦，人家保護阿聿還來不及呢。」女孩直接抱住隔壁那個人的手臂，然後又被推開。

他覺得自己眞的無法安心，告訴聿有事電話聯絡之後，虞因才帶著懷疑的心情離開飲料店。

等人一走遠，方苡薰立刻放開自己的手，回到位置上坐正：「眞是的，愛跟的傢伙。下次出門前先把他甩開比較好，不然再多來兩次我都覺得煩了。」

聿看了她一眼，轉動著裝有透明飲料的杯子。

「你傳簡訊給我，說那個大樓裡有那樣東西……也就是說那戶人家也接觸過那玩意兒？」拋開剛剛的插曲，對命案其實沒那麼有興趣的方苡薰問著。

聿點點頭，將手機放回口袋，拿出筆記本，快速地在上面寫下文字：「是，而且已經發生過事情了，沒有辦法知道來源……要快點找到其他類似的人。」

咬著指甲，方苡薰皺起眉，「我學姊也不肯說，不然從那邊下手比較快……」

「之前我們不是跑了很多家也有相同東西的地方嗎，後來也都問不出什麼來。」不久前在虞家處理那張彩券時他也四處跑了幾個地方，但是並未找到他們想要的東西，「可見對方非常小心。」

「嗯，看來大家的口風都很緊，現在最大的目標應該就是我們學校了，他們肯定是想藉這個機會進入校園，所以下個月的插考你一定要進來，不然就沒有時間了。」

聿點點頭，看著眼前主動找上他的女孩。

他們的目標都一樣，只是不能告訴別人。

這是屬於他們的祕密。

□

玖深看著眼前這幾個女人。

「徐茹嫻，就跟我們之前所說的一樣，她在櫃上的業績還不錯。」整理著專櫃上展示的彩妝品，打扮得乾淨漂亮的櫃員告訴正在寫筆記的虞佟，「說眞的，我們是有點嫉妒啦，因爲很多客人都會指定找她買，不過那也是人家有本事。」

「那麼她最後一天回家時有什麼異狀嗎？」看著一大堆彩妝，虞佟邊想著當女生眞不容易，邊繼續詢問：「除了那天做蛋糕帶來上班之外？」

「這倒是沒有。茹嫻很久以前就很喜歡做這種小點心，所以我們和附近的專櫃小姐都常吃到，說眞的，還蠻好吃的。之前我們還和她說可以拿去網路上賣，不過她說這只是興趣，留給自己人吃就好了。」聽她這樣講，旁邊幾個專櫃小姐紛紛點頭認同，「提到當天有什麼奇怪的話……還不如說她這陣子都是這樣。」

「怎麼說？」

「她之前好像變了一個人，直說看著別人戀愛眞好，有點想談戀愛了……」另一位王小姐回答了他的問題，「那陣子她做了一大堆點心跟巧克力給我們吃，還要我們試吃後說出感想，不過就只有一小段時間而已。」

戀愛？

虞佟沉默了半晌，聽來跟這件事沒有什麼太大的關係，「再請問妳們，專櫃上她有沒有跟人起過爭執，或是哪一位與她私交比較好？」

一干櫃姐都搖起頭。

「沒有，這就沒有了。」

記錄好得到的資訊後，虞佟站起身：「好吧，謝謝妳們的幫忙。如果有問題，我會再找妳們……」

「沒關係，就算沒有事，你們也可以常常來找我們。」一問完，因為非假日客人比較少，幾個專櫃小姐都圍了過來：「現在警官都這麼年輕嗎？喂、喂，你應該是剛畢業的吧……」

虞佟突然覺得無言。

「他已經三十好幾了……」躲在旁邊的樓梯附近，聽到那些櫃姐一邊逼問自家同僚個人資料，一邊叫著「很可愛」，玖深小小聲地說著，然後翻看剛剛拿到的客戶資料。

而且還有個年紀快要跟妳們差不多大的兒子。

幸好今天來查問的不是他家虞夏老大，否則場面不知道會變成什麼樣子。

他偷偷瞄了一眼那個被包圍，居然還得笑出來、慢慢應對的虞佟，深深覺得跟這個人出來其實還不錯，至少不用看到有人當場翻桌。

如果今天來的是虞夏，搞不好現在這裡已是雞飛狗跳了。他家老大最痛恨人家將他當成小朋友，不過從外表上看來他的確就是小朋友，只是大家沒膽當面告訴他。

有張不老的娃娃臉太讓人痛恨了，而且還一次兩個。

但是就外表跟氣質、打扮來說，虞佟比較像大學生。

他家虞夏老大因為每次出去都是襯衫加牛仔褲，只有比較正式的場合才會穿西裝，整體上看起來就特別像高中生，更別說他的個性也差不多是那樣，所以經常有新進員警誤認。之前還有個新人以為他是鬧事或飆車被抓進來，煞有其事地開始說教——下場當然很慘，更慘的是對方後來才知道這個「高中生」是他未來的上司。

不過，虞夏的優點應該算是打過就忘！不會特別去翻舊帳。

……下次如果有高中生的任務，他要偷偷陷害老大去調查。

最後，玖深跟虞佟被好幾個熱情的專櫃小姐送到門口，因為不知道為什麼聊到後來連別櫃的小姐都湊上一腳，所以和她們說完話之後到門口已經接近中午了。

看著手上十幾張名片，虞佟依舊保持著微笑，把名片收進筆記本裡。

「我真的覺得……你比老大還可怕。」看著這個人被砲轟了一個多小時還笑得出來，玖深真的覺得這種人也滿恐怖的。雖然說他們了解虞佟，都知道他不會微笑著從後面把你捅死，但是有種人就會這樣。

「會嗎？」還是保持微笑，虞佟收好東西後左右張望了一下：「我們先去吃午餐吧，等一下再回去整理資料。」

「麥當勞！」

「那個不營……」

「虞佟阿爸，偶爾吃一下沒關係啦！不然再加點生菜嘛……」推著正想叫他換地點的虞佟，十分渴望去吃速食店的玖深把人推往不遠的店面去。

虞家兩個警官其實人都不錯，只是一個太暴力，一個在奇怪的小地方太囉唆。

「好吧。」很快就妥協了，虞佟心想著其實偶爾這樣也沒有關係。

接近速食店時，一個眼熟的人正巧從附近冒了出來。

「虞警官？」

「滕先生？」

「眞巧……」

□

他來到了大樓樓下。

實在是對這裡面沒有什麼好感，爲了避免又在四樓遇到突發狀況，虞因特別隨口找了個理由，讓在外面留守的警員陪他搭電梯到七樓。

電梯門打開後，外面還是拉著封鎖線，屍體早已運走了，偶爾還有一些樓上的住戶特地下來對這邊投以好奇的目光，不過在探不出員警口風之後也不再逗留。

在場的員警虞因大都認識，跟他們打了招呼之後才踏進現場。

其實還未走進去，他就已經看見二爸了，二爸背對著門口，旁邊站了一個身穿西裝的人。

那個人不知道爲什麼看起來有點眼熟……

「阿因，你來幹嘛！」一轉頭馬上看見不應該出現在這裡的人，虞夏劈頭就先開罵：

「不是警告過你沒事不要隨便在現場走來走去嗎，你是欠揍吧！」

「我拿手機來給你啦！你自己忘了還敢說！有很多人叫你要回電話喔。」將手機丟還給主人，虞因退後一大段安全距離，才發出不平的回答。

接過手機，剛剛才覺得奇怪怎會一整天都很安靜的虞夏，終於想起來這東西今天都還沒出現過。

「謝啦。」將手機收回口袋後，打算晚一點再聽留言的虞夏轉過頭，那名身穿西裝的男人也轉過來。

虞因立刻認出對方，「咦？你不是嚴大哥以前的室友嗎？」因為對方很好認，他一下就想起曾在嚴司的住所見過面。

高高大大，有點帥，但是看起來有點嚴肅。

「你們認識？」虞夏來回看了兩人一眼。

「見過一次面，虞警官的兒子。」對方點點頭，語氣不高也不低，聽不出起伏，也很難辨認出情感，就是公事公辦的語氣。

「原來如此，這小子叫虞因，對你來說可能比較偏門，不過他偶爾會有陰陽眼，這次會找到屍體多少也和他有關係。」簡略介紹給對方後，虞夏才轉過來瞪著自家孩子：「這位是新調任來的黎檢察官。」

「咦？之前的林老大換走了？」原來那時嚴司說比他們還大是指這個，虞因連忙向對方行了個禮。

先前那個有點年紀的林姓檢察官，脾氣不錯，單身，總是放任二爸到處興風作浪，也沒吭過半句，很有合作默契。

他印象中那個檢察官假日還會來他們家吃個飯什麼的，很好相處。虞因記得有次對方家中電視壞掉，還拿電影來他家看，偶爾看到他在寫作業，也會適時指導一下。

沒想到已經換走了啊……

「對呀，另有高就。」

談話稍微停止後，屋內陷入幾秒鐘的空白。

從胸前口袋拿出名片夾，男子向虞因遞出名片：「黎子泓，以後有事也可以找我，請多多指教。」

「呃，請多多指教。」小心翼翼接下名片，說實在的，虞因對這樣一板一眼的人感到有點棘手，沒想到這個人居然可以和嚴司當室友。

該不會是顏面神經曾被氣斷過吧？

「好了，不用管這小子了，他沒事便會自己滾蛋。」拍了一下檢察官，虞夏繼續回到正事上。

「嗯，繼續。」頷了首，同意不多浪費時間的檢察官重新開始剛剛被中斷的談話。

翻起手上剛拿到的資料，虞夏領著人站在陽台前：「根據阿司給的檢驗報告，死者其實不是死於天線，檢查後發現屍體有窒息現象——」

「所以是死於窒息，從窒息到死亡前還有一小段時間，大概是掙扎時不小心誤碰天線，造成固定器脫落，死亡後天線才倒塌下來插在屍體上。」黎子泓將陽台附近不自然的凌亂看在眼中，很快地就逕自說完，然後走入室內：「窒息原因是？」

「身上有過敏反應。我們查過死者的病歷，發現她有過敏病史，其中比較嚴重的兩次是油漆過敏和食物過敏，都曾送進醫院，最嚴重的一次還引起了氣喘和窒息。當時檢驗出來是在餐廳吃了排餐……點心是兩種口味的冰淇淋。」虞夏看著手上的資料這樣說著：「最後確定是花生和香草過敏。」

「花生過敏在國外曾有過死亡案例，請嚴司確認她死前是否誤食，還有最近大樓裡面是不是有人刷油漆也一併問問。」接過資料，黎子泓注意到旁人的表情：「怎麼了？」

虞夏立即回過神：「沒有，我突然想到附近那個命案的死者身上也有花生跟糖粉。」太巧了，就在距離大樓不遠處，他們發現疑似被搶劫殺人的死者當天早上才做過花生蛋糕。

他這樣一說，黎子泓也想起這件同樣由他經辦的案子。

花生？

「……世界上沒有如此巧合的事，先把兩個死者的資料作比對，死亡時間、生活跟交友狀況。」

「你懷疑她們兩個互相認識？」其實隱約有這種感覺，虞夏立即反射性地發問。

「你現在不也開始懷疑了嗎？」黎子泓反問了回去，勾起了淡淡的笑意。

「OK，我馬上回去弄來。」說做就做，完全不喜歡浪費時間的虞夏一回頭，才發現剛剛某個應該滾蛋但是還沒有滾的人還站在原地：「臭小子，你聽夠沒有！」

倒退了一步，本來被徹底遺忘的虞因咳了一聲：「我正要走……」誰教他們突然就討論起吸引人的內容來，害他一點也不想走了。

「可以請你等一下嗎？」黎子泓喊住人，看了一下旁邊的虞夏：「我有事想請教他，虞警官你可以先去辦事。」

狐疑地看了虞因一眼，不過虞夏還是點了點頭：「我知道了。」既然會叫他先去辦事，就代表這位新檢察官有話不想讓他聽到。他無所謂，反正晚上回去把他家小孩押著打，還是可以逼問出來的。

虞夏這樣想著，吩咐外面的員警照料好現場後，就先行離開。

四周很快就安靜下來。

□

「請問你找我有什麼事嗎？」

和眼前的人才見過不算正式的一次面，對於對方有事問他的說法感到好奇的虞因打破沉默詢問著。

收起手上剛剛在記錄和畫線圖的本子，黎子泓正色地看向他：「我在警局中打聽過一些關於你的事，包括陰陽眼。」

「喔，不好意思，因爲每次都是碰巧被捲進去，我已經承諾過我家大爸、二爸，不會隨便插手警局的事。」虞因以爲對方是要追究這些東西，連忙說著：「不過你也知道，人在江湖身不由己啊！哈哈……」

基本上他覺得自己才是受害者，每次都是被硬捲進去，而且不知道爲什麼，最近還有頻率變高的傾向。不曉得是不是他的錯覺，自從聿來到他家後，他甚至覺得看見靈界的時間也變多了。以前大都是幾天誤撞一次，現在幾乎變成沒兩天，甚至天天都給他來一、兩次，他都懷疑「跳針」這兩個字是不是應該改了。

黎子泓出聲打斷對方的話，咳了一聲：「我不是這個意思，你誤會了。對於陰陽眼的事我只有部分興趣，我想請問你的是，這陣子少荻聿在你們家、跟著你跑的時候，有沒有發生過什麼不尋常的事。」

虞因愣了一下，皺起眉。

不尋常的事都是發生在他身上比較多吧……

沒想到有什麼可疑的地方，虞因搖搖頭。

看了他半晌，認爲對方應該沒有說謊後，黎子泓點了點頭：「那就好，雖然我們也在調查他，不過如果他能換個環境，變得比較融入一般同齡孩子就行了。」

「呃，聿他家到底是發生了什麼事啊？」他只知道是他家被他父親遭到滅門還順便殺了朋友全家，但是更深入的事他就不清楚了。

「虞佟、虞夏兩位警官沒有告訴你嗎？」露出一點點訝異的神色，黎子泓這樣反問著。

「沒有，他們說不方便讓我知道，也沒聽到媒體報導這件事。」覺得眼前這位檢察官可能不會告訴他，虞因聳聳肩，隨口扯扯，沒抱太大希望。

沉默了一會兒，黎子泓才開口：「我也認爲這件案子不方便對外人說，雖然我能夠信任虞警官的家人，但是有些事還是不要讓太多人知道比較妥當。」頓了頓，他看見對方露出果然如此的表情，繼續說：「我這次會回來，也是要重新調查三年前在這邊四樓發生過的事。因爲前不久我調閱了以前的記錄，發現四樓的事有些疑點，所以已經申請轉交到我這邊的手續了。」

「是阿凱哥的記錄嗎？」想起那件事就這樣卡住，虞因想也不想就脫口而出。

點了頭，黎子泓繼續說：「當年事情發生不久，四樓附近的鄰居全都搬走了，現在還留下來的都是六樓以上的住戶。調閱中我發現鄰居的說詞大多是在事件發生前曾聽到小孩的哭聲，還有大人出入時神色有異之類的事，後來消失的小孩到哪裡去了，我很好奇。」

學著對方剛剛的動作，虞因連忙舉手制止他往下說：「我沒有興趣，爲什麼你要趁二爸不在時說給我聽。」他有種很不妙的感覺。

黎子泓看了他一下，拿出剛剛的本子翻到某一頁，「聽說你會來這邊，是因爲四樓有小孩對著人丟盆栽。」

「對啊，不過之前別的案件也有鬼把我鎖在浴室裡面的記錄。」

「嗯，但是我想你可能不知道，後來我詢問過當天可能會接觸到這些東西或是清理掉這些東西的住戶和清潔隊，他們都不曾收拾掉在地上的盆栽，地上也沒有東西掉落被砸出來的痕跡，也就是說，當天根本沒有人對下面丟盆栽，更別說有小孩子了。你可能也不曉得，四樓失蹤的那兩個小孩以前常被母親修理，根據鄰居的證詞，是因爲他們常常對下面丟小盆栽，而最後消失那一天，丟的就是仙人掌。」一口氣說完他得到的情報後，黎子泓果然看見虞因目瞪口呆的表情，「所以你說，我不說給你聽，要說給誰聽？」

虞因覺得自己開始頭痛了。

「雖然我不是很相信這種事，但是有人說可以跟你提看看，偶爾會聽到意外的情報，如果你知道什麼，也歡迎你隨時打名片上的電話給我。」抱著寧願多聽情報，也不想漏掉任何線索的黎子泓收起本子，將他的想法告訴對方：「我會再去調查樓下住戶都搬走的原因，這段時間也請你多多指教。」

虞因揉著頭，終於知道對方為什麼要先支開自家二爸了，要是二爸當場聽到這些話，搞不好會跳起來掐住他們。他無力地嘆口氣：「好吧，有事會告訴你，不過我也有個問題要問。」

「請說。」

虞因立刻抬起頭，目光炯炯地盯著對方：「是誰要你來找我？」他怎麼看都不覺得眼前的檢察官會是這樣陰他的人，基本上來說，這位仁兄看起來非常光明正大，這是他當初對他的第一眼印象，到現在還是這麼覺得。

這樣陰他的手段很眼熟，太眼熟了。

好像不久前誰才來害過他一次。

黎子泓有點尷尬地轉開頭：「嗯……我以前的室友。」

「嚴司大哥——」

那個死傢伙！

□

「哈啾！」

轉頭看看旁邊的人，才剛回辦公室不久的虞佟放下正在寫字的筆：「阿司，你感冒了嗎？我這邊有茶包，要不要泡來喝？」

抽了衛生紙擦擦鼻子，嚴司搖搖頭：「免了，我看是有人在背後罵我。」害他鼻子癢癢的。

笑了笑，虞佟繼續手上的工作，「別到處招人怨啊！」

盯著正謄寫記錄的人，來等著拿輸出資料的嚴司立刻抗議起來，「我才沒做過什麼會遭人怨恨的事情。」呃，可能有一點點啦。

虞佟笑著搖搖頭，聽見印表機的聲音停止，馬上將一疊紙張夾入公文夾遞過去：「不過你們為什麼突然要合併案子的資料呢？」雖然陽台上的屍體和巷子裡的命案現場距離很近，但是突然要人把資料統合出來也實在是太……

他才剛回來，馬上就被告知要緊急加工，讓他有點措手不及。

「誰知道，老大吩咐的，害我也必須臨時整理給他。」接過和自己職責相關的公文夾，嚴司無奈地說：「聽說是發現花生是關鍵物之類的，陽台上那個有過敏史，我已經採樣送去化驗了，不過結果還沒出來。如果檢驗出來眞有花生這種東西，我打賭你家老大跟我家前室友一定會來個大翻盤。」他早就知道他家的前室友被調過來這邊將很有戲看，事實也證明他沒料錯。

「嗯，我覺得一定會翻盤。」聽見即時通訊響起，虞佟點開來看，告訴旁邊正在偷懶的某法醫：「玖深傳來訊息了，他說剛剛出去找戒指的人打電話回來，那只戒指上的M.L.是指美琳，打造戒指的店家說當初是一個男性去訂做的，但是時間已經很久了，他不太記得對方的樣子，只記得有這件事，資料上也沒有留電話，據說對方是親自去取貨的。」

「喔？所以你們要去找這個叫做美琳的女孩，那個人應該就是巷內屍體的關係人吧。」拿起放在桌上的茶杯，嚴司晃了一下，發現裡面是水果茶之後，偷喝了一口。

「是啊，那個關係人是合併案裡的另外一個死者——賴綺琳，本名叫作賴美琳，去年應模特兒公司要求改名，聽說她有個愛情長跑六年的男朋友。剛剛我們從專櫃拿回來的客戶名單上也有她的名字，據說她常常去那裡買彩妝和保養品。」

「噗！」嚴司差點把茶噴出來，轉頭看著電腦上正在跳動的字體。

「眞巧，那個男友現在就住在她家樓下，聽說上次回來時買了一堆油漆，正準備替他女朋友粉刷房子，不過因爲來不及，所以改成這次回來才要刷。」虞佟看著電腦上面的訊息，將文字複製下來建檔：「最近一次回來，就是巷內死者死亡的前一天，但是去找他的員警找不到人，家裡沒人，據他跑船的雇主說他那天搭車回家後就失聯了，到現在都還找不到人。」

在旁邊看完所有的消息後，嚴司放下杯子：「這下有趣了，一個是花生蛋糕，一個是油漆耶。」而且一個死亡，另一個不見，死亡的那個肚子裡還有不見那個的戒指，眞不知道是發生什麼事喔？

「不過因爲屋主不在，因此沒辦法隨便破門而入。」虞佟咳了聲，這種事好像那個叫虞夏的才剛幹過不久，但那時是有緊急事態，所以還可以搪塞過去，而這次就不行了，隨便衝進六樓亂翻可能會捱告；警方必須等正式公文下來，才可以請房東開門。

「我相信你家老大應該已經練成來無影去無蹤的最上乘境界了，如果哪天他要偷偷潛入敵方陣營，請記得通知我去偷看。」對失傳的祕技很有興趣的嚴司決定先卡位。

「夏又不是間諜，你去看古裝劇比較實在。」斜眼盯著旁邊的人，虞佟說著。什麼叫潛入敵方陣營啊，他們應該做的是去申請公文，然後正大光明進去才對吧。

嘿嘿笑了兩聲後，嚴司拿著公文夾晃開了：「我先回工作室啦，你家老大有事叫他自己來找我。」他可不想每次都工作到一半突然被叫出來，這樣還要洗手消毒，真的很麻煩。

「好。」

嚴司離開後，虞佟繼續埋入自己的工作當中。

行政區這邊到處都是文職的警員，他附近還有四、五個同事也在整理資料，座位都是隔開來的，分別處理。較大規模的分局裡工作量自然也高過一般警局，偶爾別組忙翻時，他們也得輪流過去支援；像他這次就是支援他雙生兄弟的資料處理，工作不如外人想像中來得清閒。

打開檔案資料夾，他試著把兩件案子所拍到的相片作統一的歸檔整理。

下意識地，在打開玖深說的那張靈異相片之後，他停了下來。

其實從事這種工作拍到靈異照片不算什麼大新聞，有時也有誤判的情況發生，他們多少都已經習慣了。像這次拍到虞夏的也是，兄弟們大都看過了，大家都笑著說那個「東西」應該要閃遠一點，才不會遭殃之類的……

看著牆上的半張臉，虞佟越看越覺得這臉蠻眼熟的，於是調出了巷內的死者相片。

「這應該是同一個人吧？」

驀然從背後傳來說話聲，虞佟嚇了一大跳，立即關掉電腦螢幕，轉過身看到一張不知道算不算熟悉的臉。「滕先生，下次有事請先叫我好嗎？」推了一下眼鏡，他是真的被嚇到，因爲對方一點腳步聲也沒有，附近的同事居然也沒有叫他。

看著黑了的螢幕，還穿著西裝的滕祈直起剛剛半彎著的身體，露出微笑，「我看虞警官工作這麼認真，不好意思打擾。原本有位林警官說你的工作快做完了，再一下子就可以過去。不過我想我過來就行了，你也比較方便，所以請對方帶我過來。」

他們中午時刻在百貨公司附近相遇，滕祈沒事就跟著過來警局。沒想到一來，眼前的警官就被抓去趕工，害他一個人等得很無聊。

姓林的是吧……

虞佟在心中默默地把全局裡十三個姓林的名字覆述一遍，打算等會兒去追究責任。幸好他今天不是在看什麼重要資料，不然對方站在他後面都不曉得看到多少東西了。

「放心，我才剛到而已，只有看見那兩張照片，其他什麼也沒看到。」很快就明白對方心中在想什麼，畢竟是做債務整合那行的滕祈，輕易便看出對方的臉色，所以補上了這句話：「如果你希望，我會連那兩張照片都沒看過。」

盯著站在面前的人幾秒鐘，虞佟站起身，沒有回應他的話，「我們到休息室去吧，前兩天同事才買了新點心。」

沒有多說什麼，滕祈也順從地跟著他往休息室的方向走。

反正已經來過好幾次了，對這邊的格局他也很熟，一邊走一邊想，他覺得下次乾脆直接到休息室等人，然後再打電話給對方比較快。

時間有點晚了，但進休息室時，裡面還有其他人在，虞佟走過去低聲講了幾句話，那幾個人說著沒關係，然後咬著餅乾，端著茶杯都出去了。

等到淨空了房間之後，虞佟關起門，幫兩個人都沖了茶水，準備好點心，才轉過身看著這個悠哉悠哉、不去上班的人。

接過有著溫暖茶水的茶杯，滕祈轉動了一下，直到手掌都溫熱起來。

「那麼，繼續我們中午的話題吧。」

他勾起了微笑。

「唉，我這是招誰惹誰啊……」

回到家後，虞因直接「啪」的一下，躺倒在客廳沙發上。想到被嚴司擺了一道，感覺就有點悶，不是說不想幫忙，不過老是這樣陰他，他也會很鬱悶。

四樓……

想起了那棟讓他不願再去想的詭異大樓，虞因開始思考自己在那裡所看到的東西，其實他看見的也跟二爸他們差不多，只是多了點料而已。

那時聿是在小神桌附近突然不對勁起來吧？

他的確看見了一個小孩，但是一眨眼就不見了。與其說是出來嚇他們，虞因覺得還不如說是出來看他們的。

重複丟盆栽的惡作劇到底是爲什麼？

是要引誰上去呢？

正在思考時，玄關傳來輕輕的開鎖聲，接著是有人放東西、脫鞋子，並不大聲，對方小心翼翼地整理好之後才走進來。

虞因微微抬高頭，果然看見今天和女高中生出去混一個下午的人。「大爸、二爸今天加班，等會兒一起去外面吃飯。」

聿將背包放在樓梯上，點了點頭才走過來。

虞因坐起身，打開電視，新聞台果然報導了發現陽台屍體的事，目前家屬已經出面認領，全案還在偵辦中。

盯著新聞看，聿拿下了眼鏡擱在旁邊，接著拿出手機，寫了一串字之後，將螢幕轉向同樣在看新聞的人。

瞄了手機螢幕一眼，看清楚上面寫了些什麼後，虞因馬上拉住他的手：「你怎麼會知道！」

手機上面寫著他還沒聽過的事。

當年那兩個小孩失蹤後，下面的住戶經常聽見小孩在玩的聲音，還常常有盆栽被丟下來，時間一久，大家受不了都紛紛搬走，只剩下六樓以上的住戶留下來。

小心翼翼地收回手，聿消除了字體再寫：「剛剛回來時，我們經過那附近，遇到九樓的太太，方苡薰問的。她住了很久，知道很多事情。」

但是警方沒有問出什麼來。

會不會是那個太太對警察有所提防，才沒有全部吐露出來。虞因關掉電視，整個客廳立即安靜不少：「還問出什麼？」他猜得果然沒錯，那個小女孩真不簡單，可以問到這麼多事。

「三樓、五樓的住户都分別聽過搥牆壁的聲音，二樓和一樓則是常常被盆栽丟，但是仔細看又沒看到盆栽，那一帶的人都知道大樓鬧鬼，所以房子租不出去，也賣不掉。」將自己知道的事情全都寫給對方看之後，聿才收回手機。

如果附近鄰居都知道，那麼二爸的人應該很快就會問出這件事了。

虞因思考著，他曉得這件事不會被瞞太久。

回過神，他立刻按著旁邊男孩的肩膀：「我說，不是叫你們別管嗎？別主動去查，不然很容易出事。」他自己就是個活生生、血淋淋的例子，去查的時候被毆打不算，還要常常受好兄弟的驚嚇。

最慘的是，幫忙到底竟連一毛錢都沒有，想當打工來安慰自己都很勉強。

「是碰巧在大樓附近遇到，她就自己去問了。」不打算解釋太多，聿依然如同往常，沒什麼表情，認爲該說的說完後，他就退出手機系統，沉默起來。

知道那個「她」指的就是下午與他同行的人，虞因嘆了口氣。其實自己也沒什麼立場說別人，因爲他也做了差不多的事，「算了，我們先出去吃飯吧！有什麼事等一下再說。」

其實他今天也很鬱卒，所以不是很想再繼續追究下去。

該不會是他臉上寫著「我很好欺負，所以歡迎大家來陰我」的字樣吧？

「你先上去整理一下。」

看著男孩拎著包包跑上樓，虞因站起身抓抓頭髮，然後走進浴室，打算先洗把臉振作一下精神時，他突然聽見奇怪的聲音。

那是小孩在嘻笑的聲音。

猛一轉頭，他看見一個小小的身影從浴室外一晃而過。

跟回來了？

爲什麼！

虞因立刻跑出浴室，聽見那個聲音消失在廚房附近。他連忙走過去，將走廊上的燈都打開，然後走進收拾整齊的大廚房裡。

安安靜靜地，一點聲音都沒有。

想著自己是不是太多心了，虞因左右翻看了一下後，並沒有覺得哪邊有問題，正準備走出廚房時，又聽見後面傳來小孩的跑步聲。

細細小小的，腳掌貼在廚房地面發出的微弱聲響，就像平常在自己家裡遊玩一樣。

「這裡不是你家。」看著無人卻有聲音的廚房，虞因深吸了口氣，然後輕聲說著：「回去，不要讓別人趕你。」

腳步聲在他背後停下來。

非常、非常不想回過頭，虞因光是站在原地，就可以感覺到有某種冰冰涼涼的氣息噴在他放在側邊的手掌上，微微低頭，下面沒有任何日光燈照映下所產生的影子。

當然，這種東西沒有影子是正常的……

小小手掌的觸感摸上他的手指，冰冷得像是冰塊一樣，僵硬的皮膚貼在他的指上，然後五根短短的手指慢慢收起來。

幾乎是反射性地馬上甩開，虞因退開了好幾步後轉過頭，背後什麼東西也沒有，只聽到腳步聲快速竄到流理台下的櫃子裡。

雖然他家沒幾個「看得見」，但是他非常不想明天早上吃到在小鬼頭上煮的早餐。

這樣想著，虞因皺起眉快步往前走，有點怕正面衝突會發生什麼事，他小心翼翼地伸手慢慢打開了下面的小櫃子。

霎時，廚房裡的電燈瞬間熄滅，整個空間陷入了漆黑。

還未反應過來，虞因只感到某種東西擦過他的肩膀往外跑掉，一整串的腳步聲消失在屋中，便再也沒有其他聲音了。

然後，廚房電燈又突然亮起來。

他回過頭，看見聿站在廚房門口，偏著頭在看他。

「呃，沒事，我們走吧。」頓了一下，虞因關上小櫃子的門。

其實他一直以為跟來的東西應該走掉了，所以在櫃子完全關上前兩秒鐘，有張小孩的臉出現在裡面時，虞因還是嚇了一跳。

那小鬼根本沒走。

□

「這是您的餐點，請慢用。」

接過速食店服務生遞來的餐盤後，已是晚上將近七點的時候了，聿一邊打著哈欠，一邊走向旁邊往上的樓梯。

因爲剛好是晚餐時間，速食店裡坐滿了人，大都是朋友或是出來聚餐的家庭，不小的空間內滿是談話聲，顯得有些熱鬧。

他走上樓梯，二樓就好多了，人少了些，轉過幾個座位之後，他在靠窗的位置、虞因的對面坐了下來。

盯著窗外看的虞因過了一會才回過神看他：「啊，謝謝。」接過漢堡，他繼續盯著外面。

不知道是不是因爲速食店裡面太多人了，從剛剛開始他就看見跟出來的那個東西站在外面馬路邊，不敢繼續跟上來。

從家裡拉著聿出來後，他很快就注意到，照理來說應該是要在舊大樓四樓房裡不能出來的小鬼，緊緊跟著他們，不知道爲什麼甩都甩不開。

他一路上聽著小孩嬉鬧的聲音，已經有種快要抓狂的感覺。

沒見過這麼纏人的，而且他到現在還想不通，爲什麼這東西會突然跟著他們回家，還跟著到處跑，是因爲他們曾踏進去四樓嗎？

這不合理，踏進去的不只他們，更久之前應該還有很多人出入過吧，他還不是都留在四樓沒有走掉，爲什麼他們一次就中獎？

他該不會眞的像嚴司所說，要找個廟還是什麼的好好拜一下吧……搞不好今年眞的有點流年不利，不然怎麼平白無故會變得這麼倒楣？

坐在對面的聿看他不吃東西，一邊咬著薯條，一邊隨著他的視線往下看，除了大馬路以外，他什麼都沒有看到，聳聳肩，於是繼續吃自己的東西。

忙了一整天，他也是會疲累的。

看著底下那東西似乎一時半刻還不會跟進速食店，虞因才開始用餐。他越想越不對，這種東西不可能會隨隨便便跟著人，如果是他不小心踏到對方的骨灰，那就另當別論了……

「等一下回家之前我想先繞去別的地方，如果你很累，我就先載你回去，好嗎？」放下手上咬了幾口的漢堡，虞因看著對座的人詢問著。

聿舔去了手指上的鹽粒，拿出手機寫字，然後轉向他：「你要去四樓還是七樓？」

虞因笑了一下，露出一種你果然知道我在想什麼的表情，然後伸出手搖著可樂杯：「四樓，有東西跟過來了，要把他帶回去。」

「兩個？」

「一個……奇怪，只有一個跟過來。」聿這樣一問，虞因才覺得奇怪，因爲一開始的確是兩個小孩的聲音，但是他現在只看見一個。

那麼另一個還留在原來的地方？

仔細想想，虞因突然無法確定對方是不是有惡意，除了最初的丟盆栽之外，後來都不算是要加害他們。甚至可以說找到陽台屍體也是他們幫的忙，否則照那樣子大概還要等很久才會被發現，到時一些查得出來的東西也會變得查不出來。

按照這個方向推測……

虞因站起身。

如果照這方向推測，那東西跟他們回來應該是別有目的吧？

一看見他站起身，才吃不到一半的聿嘆了一口氣，拿出剛剛向店員要來的紙袋開始打包。其實從家裡出來之後，對座那個人的臉色一直怪怪的，他就知道今晚別想好好吃飯了。

沒等人打包好，虞因就快步下樓，外面那個影子已經消失了，不在馬路上任何一處，不曉得是真的走掉了，還是像剛剛一樣只是在玩弄他。

不久，聿也小跑步地跟了下來，什麼也沒問，便自行爬上摩托車後座。

有點無力地看了這個自動的男孩一眼，虞因也不再多說什麼，反正就他的經驗，就算是說什麼，對方也不見得真的有聽進去吧。

很快地，摩托車在主人準備好後也立即投入馬路的車流之中。

他們並沒有花太多的時間，一下子就來到了那棟令人發毛的大樓下。

如同第一眼的印象，這棟大樓始終無法給虞因很好的感覺。幽黑的對外樓梯口到現在還沒有人開燈，不曉得轉角處會不會躲著什麼東西。

或許是上層住戶們要省下一筆公用電費，因此從一樓到六樓都是讓人窒息的黑暗，窗口漆黑一片，什麼都看不出來。

而七樓才剛鬧出事情，隱約可以看見窗台上的黃線，不曉得是飄出來的還是沒有收好。

停好車踩上地板後，虞因立刻知道今天完蛋了。四周一點風也沒有，現在也還未到冬天，有點熱度。

但是他卻全身都起了雞皮疙瘩。

「？」旁邊的聿看他完全不移動，疑惑地扯了他的袖子。

「讓我先做好心理準備……」等等起碼會看見至少兩個以上的東西……

稍微抬頭望著旁邊的路燈，虞因開始貪戀起那種溫度。然後他一轉頭，差點沒喊出「阿彌陀佛」這樣的話來。

他應該白天來的。

七樓的陽台上有個女人低頭看著他，風將她的長髮吹得到處散開，臉上一片模糊，很難分辨出五官。

四樓陽台上有兩個小孩蹲在那邊，握著鐵欄杆，蒼白發青的臉上還可以看見紫青色的條紋，渾濁的眼睛全都盯著他看。

被一堆灰色眼睛看到有點想轉頭逃走的虞因吞了吞口水，繼續幫自己作心理建設。

不是數量比較多就贏了！

活人是他，所以他應該不用怕他們，是那個小鬼把他引來的。

還有，這棟大樓真的還可以住人嗎？實在是有夠恐怖，原本先天條件就已經不是很好了，「住戶」還這麼多。要是他，早就腳底抹油，第一時間搬走了，上層的住戶居然還可以留下來。

他想這也跟便宜的租金很有關係吧？

聽說鬧鬼的地方通常都會特別便宜，也或者是房子已經買定了，所以無法搬離。總之，什麼理由都有可能，但是會留下來也讓他感到很不可思議。

光看這種狀況，他便覺得陰氣很重了。

「喏，上樓吧。」拍拍側背包，他把上次那個護身符拿出來掛在聿的包包上，然後兩個人戰戰兢兢地開始走上深黑色的樓梯。

樓梯間靜悄悄地毫無聲響，頂多是走到樓層中間時，隱約可以聽見一點電梯仍在待命的聲音，並看見在黑暗中的一點光線。

一進去虞因就先打開公用照明，四周頓時變亮不少。

他們來過幾次，他都沒有細看，整個樓梯間有點狹小，到處都充滿了髒污和灰塵，大概是最近多了他們跟警方在這裡出入，到處都被踩得滿是腳印，顯得更加凌亂。

隨著他們逐漸逼近四樓，燈也開到四樓。最後虞因跟聿站在門口，幽暗的房子沉默地看著他們。

虞因伸手試著壓上門把，果然不像上次那麼好運，門已經被鎖死了，不知道是誰鎖的，怎樣敲都打不開。

「奇怪了……」既然把他叫來，爲什麼又不開門？

站在旁邊的聿看著他，也是一臉疑惑。

思考了一下，虞因直接敲門。

不到兩秒鐘，門的背後猛然傳來「砰砰砰」的巨大回敲聲，好像是另外一端也有人在。但是門沒有開，只有那些聲音迴盪在空蕩蕩的大樓當中。

差點沒被嚇到的虞因馬上倒退一步。

還未反應過來，背後突然傳來「叮！」的電梯聲，無人的電梯緩緩在他們後面打開。

轉過頭，虞因和聿互相對看了一眼，他們兩人因爲之前發生過的事，都很不喜歡搭陌生的電梯，當然不可能會那麼無聊，一上樓就跑去按電梯按鈕。

奇怪的是，電梯門也沒有就這樣關上，像是怪物般張大嘴巴開在原地，似乎是在等著他們進去，然後要一口氣嚼得粉碎。

僵持了一小段時間，先動作的是上次電梯事件事主的聿，他小心翼翼地移動步伐，然後走進開著的電梯裡，上面吹下來的冰冷氣息讓他打了一個哆嗦。

大概是有人進去就滿足了，電梯門突然關上。

搶在完全關上之前，虞因也連忙閃身進去，「真要命，你可別隨便接受別人邀請，要是電梯現在斷掉，我們兩個大概就變成替身了。」還一次兩個，剛剛好。

他突然驚覺要是這傢伙存心找死，他幹嘛還要陪著找死？

正想再度警告聿下次不要亂來時，電梯門在他們身後又打開了，他甚至沒感覺到電梯剛剛有上下移動，開門後的景色已不是剛剛四樓的樣子。

抬起頭，虞因看見樓層燈號已經改變了。

「六樓？」

□

現在又干六樓啥事了？

踏出一腳，確定是眞的地面之後，虞因走了出來，朝樓梯下面看，還看得見他們才剛打開的燈，不過只隔了兩層樓，爲何要如此大費周章把他們帶上來？

跟著走出電梯，聿站在六樓的大門前看了一下，沒看出什麼不對勁，接著彎下腰，他立刻皺起眉。

「怎麼了？」打開六樓的燈，虞因正好看見他微妙的神情變化。

聿直起身，摀著鼻子。

「有什麼怪味道嗎？」看他的樣子，虞因立即彎下身，一種揮發性的氣味淡淡地從門縫下面傳出，要不是因爲蹲了下來，還眞的沒聞到。

有點刺鼻，味道很熟悉，雖然不常聞到，但是一碰到馬上就會知道。

這是……

「油漆？」虞因立刻認出這種討人厭的味道，他立刻站起身，按了好幾次電鈴，但是裡面一點動靜也沒有。

總不能像二爸一樣，從七樓跳下來吧？

他絕對辦不到，他應該會直達一樓，明天報上便又多了一條跳樓案件。接著他二爸絕對會鞭打他的骨灰，光想就覺得可怕。

「裡面有沒有人？」用力搥著門，虞因心中突然有種不安的感覺。

依舊沉默無聲。

拿出手機，不曉得爲什麼這裡的干擾訊號依然很嚴重，幾乎無法撥通。他轉過身看著聿：「你快點下去找人幫你用公共電話打給二爸，或是請這個人過來。」遞出了黎子泓的名片，虞因催促著，「這裡不太對勁，可能出事了。」

一聽見出事，聿立刻拿起他手上的名片，快速衝下樓。

聽著一連串的腳步聲消失在樓下，虞因右轉回去拍打著門板，噪音立刻充斥了整個空間。

正常來說，如果刷油漆，應該會弄得裡外都是油漆味，但這個傳出來的油漆味太不自然了，應該說是太淡了，讓他感到很不對勁。

然後，他聽見有人打開樓上的門，沿著樓梯慢慢拖著腳步走下來，還帶著某種正拖著金屬的聲音。冰冷的視線出現在他身後，默默看著他。

剎那間，整個頭皮都發麻起來，虞因抖了一下，不用回頭，他也知道會是什麼東西。

「妳男朋友……我知道，如果他在裡面，也麻煩妳幫我開門好嗎？」虞因繼續敲著門板，勉強壓抑住顫抖，這樣說著。

和自己的恐懼比起來，他還是覺得活著的人比較重要。

這樣想著，虞因突然感覺肩膀旁似乎有某樣東西擦身而過，灰白色的手緩緩從他後面伸出來，僵硬的手指慢慢在門板上劃動。

因為感覺到背後整個是冰的，虞因連大氣也不敢多喘一下。不過，他還是看出那根手指在門上劃動而出現的文字——

「**讓他死**」

「他殺了妳？」

那隻手停了下來，緩緩地往後抽離。

「等等，如果沒有，你們已經在一起那麼多年，可別讓他就這樣死掉！」

像是沒聽見他的話，背後的冰意一下子便遠離了。虞因立即轉過頭，看見了白色的腳消失在樓梯往上的轉彎處，伴隨著金屬聲，然後是七樓的門被關上了。

現在到底是怎樣！

這次真的有種一把火從心裡燒出來的感覺，虞因還真想衝上去踹開七樓大門，對著裡面亂罵一通。

吵雜的聲音又從下面傳來，很快地他看見電梯下樓、停在這一層，打開之後是剛剛被他趕下去的聿，後面還跟著一個大約四十多歲的大叔。

「怎樣了、怎樣了？」大叔顯然是莫名奇妙地被聿抓著從電梯裡面出來，「寫什麼打不開門，你們兩個小朋友是……？」

看見對方提著工具箱，虞因很快就知道這個人是幹什麼的：「你是開鎖的嗎？」

「是啊，這是你阿弟嗎？剛剛衝進店裡什麼話都沒說，只寫了紙條說門打不開、很急，你們是出門忘記關瓦斯，還是裡面電線走火？這麼著急。」操著台灣國語，中年大叔一邊擦汗一邊問著。

「油漆中毒啦，快幫我們開門！」推著鎖匠向前，虞因催促著說：「快點快點，不然會出人命的。」

「蝦米東西這麼夭壽……別催啦，要開了、要開了。」拿出萬能鑰匙開始對付深鎖的大門，沒兩下子就聽到鐵門「喀」的幾個聲音，門打開了。

大概猜到裡面是什麼狀況，虞因把鎖匠往後拉，捂著鼻踢開大門，門一開，濃濃刺鼻的油漆味立刻撲面而來。

被那個味道嗆到，鎖匠一邊喊夭壽、夭壽，一邊跑去打開樓梯間的小窗戶，把頭探出去呼吸新鮮空氣。

雖然猜到裡面的狀況，可是在一瞬間也被嗆到頭暈的虞因晃了一下腳步，然後看見門後有很多原本塞在門縫裡的布條因爲開門而被往後四散打亂，房裡黑黑的，外面的燈光照進屋裡，只見整個地上都是正在揮發氣體的油漆，屋內的氣味更濃，陽台、窗戶全都是鎖死的，連細縫都用膠帶貼住了，一點也無法透氣。

「夭壽，這樣會中毒的啦……」還在外面呼吸新鮮空氣的鎖匠抗議著。

穩住腳步之後，虞因咳了兩下，一旁有人遞上手帕。他轉過去，看見用衛生紙捂著鼻子的聿都嗆出眼淚來了。

「去大叔旁邊。」接過手帕按在鼻子上，虞因用很奇怪的悶音說著，一面把人往旁邊推去，然後自己踏進房裡，快步跑到陽台邊用力拉扯著膠帶。

幸好並沒有多貼好幾層，他輕易撕掉大半之後，快速地打開陽台，濃濃的油漆味立刻往外抽。

已經快要受不了的虞因跑出陽台，呼吸了幾口新鮮空氣。

接著他看到上面陽台有人站在那邊低頭看他，蒼白模糊的臉藏在黑髮裡。這一嚇差點讓虞因被空氣給嗆到，連咳了好幾聲之後，他縮回陽台上。

等了一小段時間後，屋裡的味道比較沒這麼濃重，他在陽台找了水龍頭，擰濕了手帕，捂在鼻子上，又重新踏回房裡。

開了燈之後，整個房子變清楚起來，一看就知道是很簡單的男生住所，椅子上丟了幾件襯衫，地上全是油漆、油漆桶，刻意開封的蓋子丟得四處都是，還是液體狀態的白色油漆看了格外顯眼。

他看見一張合照掉在地上，原本的玻璃框已經碎裂，裡頭是一對男女，女性就是七樓的那女人，而男的……

不曉得爲什麼，虞因覺得男的雖然不認識，但是非常眼熟，好像最近曾在哪裡看過。

接著，他往旁邊看，在房間門口處赫然看見兩條腿。

「要命！」

他連忙跑過去，果然看見一個男的面朝下橫倒在房門邊，還有一罐不知是什麼藥物的玻璃瓶被打碎掉在一旁，白色藥錠散得到處都是。

將人翻轉過來後，虞因注意到這個人還有點氣息和心跳，不過似乎快沒有了。

聽到裡面不自然的聲響後，聿和那個鎖匠也跟著跑進來。鎖匠一看到有人倒在地上，馬上大叫起來：「快點、快點！把他移到通風處。夭壽喔！怎麼會有人在裡面——」

兩個人七手八腳地把這個人拖到陽台。

左右看了一會兒，聿找到室內電話，原本打算撥電話叫救護車，但是話筒一拿起來全都是雜訊，怎樣也撥不出去，他只好放下電話。看了外面的樓梯之後，聿又默默衝到樓下找人打公共電話。

來到陽台後，虞因將陽台的玻璃門先關起來，避免繼續吸入油漆味，外面的夜風清涼地吹過了三個人的臉上。

再往屋內看的時候，他看見毛玻璃的另一面有兩個小孩將臉貼在上面看著他們，接著拍著手跑掉了。

他聽見了他們嘻笑離開的聲音。

「挖靠，我的鞋子。」

一踏進來馬上踩到油漆的人，發出反射性的抗議聲，接著退了出去，把鞋子蹭了兩蹭，才又走進來。

「剛剛外面的人不是已經告訴過你裡面都是油漆了嗎？」看著不知道爲什麼會出現在這裡的人，戴著口罩才剛到現場的虞夏冷哼一聲：「你屍體都檢查完了嗎，還混！」他們又沒有聯絡法醫，對方怎會出現在這裡。

露出了皮皮的笑容，嚴司讓開身子，讓後面的大檢察官走進來：「我們剛剛在吃飯敘舊，順便討論事情，所以我就好心載了黎大檢察官來這邊囉！」其實他們剛才在附近的餐廳裡，黎子泓接到電話時他聽了很有興趣，就直接跟過來了。

沒對這些事表示意見，戴上一旁員警遞來的口罩後，只關心發生什麼事的黎子泓一踏進來就看見虞因跟聿兩人掛在外面的陽台邊，有一搭沒一搭地在回答警員的例行問話，另一邊則是也在回答問題的鎖匠，他收回視線，看著眼前應該也是在第一時間被叫來的人，「狀況如何？」

「謝俊偉，二十七歲，剛剛送走了，現在正在急救，不過可能要做好心理準備，他在這邊躺了有一段時間。剛剛才檢測過，現在這裡就算只有殘餘量，濃度還是相當高。」虞夏扠著手，同樣也瞥了站在陽台那兩個小鬼一眼：「不過幸好及早發現，再晚一點我們大概還要多偵辦一起自殺案件了。」

「自殺？」

「還不是很確定，不過他身旁掉滿安眠藥，手指上也沾滿了打開油漆的痕跡，連衣服、鞋子上都有。扣掉被拖出去時沾到的份量，我想房裡這些應該是他自己弄的。」頓了頓，虞夏盯著旁邊的鑑識人員看：「已經把膠帶那些東西送回去了，如果指紋都一致就沒問題。之前曾查出他有買油漆的記錄，沒有打鬥痕跡、沒有其他人出入的跡象，意外或自殺的可能性比較大。但是從房子整個貼滿膠帶的狀況來說，自殺比較可能是第一選項。」

點點頭，逛了房子一圈沒看到什麼可疑點後，黎子泓同意了這個說法。

接著他往旁邊看，看見了那張合照。

相片上的人笑得非常開心。

「不過這個味道眞是臭死人了，我要自殺絕對不會選擇用油漆……」跟著晃了一圈，嚴司抽了抽鼻子，整間屋裡都是油漆味，雖然戴上了口罩，不過還是讓人感覺相當不舒服，所以他也晃到陽台上尋求新鮮空氣。

應該要求他們去弄防毒面具來的，設備眞是太糟糕了。

看清楚來人是誰之後，虞因停止了跟員警的對話，開始抬槓：「哈，沒想到嚴司大哥居然會有自殺的念頭啊！」他還以爲這種人會快快樂樂地活到老，還老不死呢。

嚴司白了他一眼，「被圍毆的同學，當你連續加班三天三夜不睡覺都對著屍體時，你就會有種想要從頂樓跳下來的衝動了。」他又不是鐵人，經常這樣子是會很想跳樓自殺的。

如果是跟美女約會個三天三夜不睡覺，他倒還沒有什麼怨言，但是跟屍體約會三天三夜，他就會想抗議沒人權了。

「哎，能者多勞啊！看大家多麼器重你。」

「免了，年輕還好，老了我就吃不完兜著走了。」嚴司揮揮手，靠在陽台邊上下看了一會兒：「不過這裡的出事率還眞高，沒幾年就頻傳命案。」他們這群人都看過相關檔案，當然知道先前發生過的事。

「大概是風水不好的關係吧……」虞因隨口說著。不是常有人說地理環境也有影響嗎？雖然他不是很懂，不過這棟大樓的確給人相當詭異的感覺。

笑了一下，也稱得上是塊鐵板的嚴司倒不是很相信這種事，雖然他曾碰過，但卻並不覺得那有什麼。

沉默了半晌之後，虞因才突然想起他剛剛聽見他們的對話，「……等等，黎檢察官是搭你的車子來的？」

嚴司點了點頭，「是啊，怎麼了？」

對那輛車非常有印象的虞因咳了一聲，「應該沒怎樣吧？」居然還有人敢搭那輛車，如果沒必要，他是不會想再搭第二次了。

「沒啊，那傢伙每次都一上車就睡，會怎樣嗎？」疑惑地看著眼前的大學生，嚴司對他的問題有點不解。開車的人是他，不是隔壁睡覺那傢伙吧？

「沒事。」既然他們都沒感應那就算了，虞因懶得多解釋。有時還真羨慕神經大條的人，怎麼不讓他們偶爾也被嚇個一、兩次！

站在一旁的聿打了個哈欠。

「十二點了，你們先回去吧，剩下的明天再說。」從屋裡走出來，是已經將裡面都記錄完畢的虞夏，他這樣告訴他們：「阿因，不要又給我亂繞到其他地方去。」

「沒事我才不想亂繞咧……二爸，你耳朵上那是什麼東西？」才剛要抗議，虞因注意到面前這個人有點異樣。

下意識地摸摸還有點痛的耳朵，虞夏瞥了他一眼：「沒事，大概是發炎吧。」

「發炎會發成黑色？」嚴司靠了過去，「老大，變嚴重了耶！你最近做了什麼會讓傷口感染的事嗎？」

「沒印象。」

「好吧，換個說法，你最近是不是沒有洗澡，所以太髒了引起感染？」

「……給我去死！」

一拳把嚴司打到旁邊去懺悔後，虞夏揉著耳朵低聲罵了兩句，才抬起那張很多人看了都會在心中罵上兩句的娃娃臉，「隨便啦，快給我滾回家去，你明天應該也要上課吧。」

「好啦好啦，你要去看醫生喔。」在拳頭揮過來之前，虞因連忙拉著已經開始打盹的聿，快速往門口逃。

瞪著逃走的自家小孩，直到他們跑到不見人影，虞夏才把視線給收回來。

「好兇啊，老大，對小孩要溫柔點嘛。」撫著被扁的腫包，嚴司靠過來搭在他肩膀上：「不過眞不是我愛說，你這個傷未免太奇怪了，整個都變黑了，該不會是中毒吧？」因爲工作關係，他見過各種傷口，但就是沒看過擦傷後來整個發黑的，的確有點怪異。

揮開旁邊的人，虞夏冷哼了一聲：「就只是擦傷，自己會好。」

「如果很嚴重，請先到醫院處理吧！」一直沒說什麼話的黎子泓介入話題，簡單發表了自己的意見。

「你看，連這傢伙都這樣說了。來來，現場便有個現成的醫生，我可以先幫你檢查一下。」嚴司從口袋裡拿出有圖案的ＯＫ繃，露出很三八的表情還搖了搖屁股：「今天有小朋友送我草莓香味的ＯＫ繃，我可以先幫你做緊急治療喔……」

狠狠瞪著有小草莓圖案的粉紅色ＯＫ繃，虞夏使出最大的力氣，才壓抑住把這個人打到黏壁的衝動，「明天我會去門診，這邊我看暫時沒事了，大家先回家休息吧，如果有進一步問題我會再聯絡。」

幾乎可以聽見對方磨牙的聲音了，還算有自知之明的嚴司知道不可以玩過頭，不然等一下可能就是自己會發生命案。收起草莓ＯＫ繃後，他正起神色，「吶，七樓的檢驗報告明天大概就會出來了，我再來找你喔，老大。」

「快滾！」

□

他停下摩托車。

原本眞的打算什麼事都不要管的虞因，在轉彎經過另一個現場時，忽然停下來。

路口還有另外一台再熟不過的車子，這台車天天都擺在他家門口，所以他絕對不會認錯，包括那個正站在巷子口的人。

「大爸？」

半夜十二點，他家大爸站在命案現場幹什麼？

一聽到叫聲，拿著相片比對的虞佟轉過身，正好看見自家兒子停下摩托車，後面還載著一個快要睡著的男孩。他疑惑地開了口：「阿因？你們怎麼在這裡？」

停妥車，虞因站到地上，後座的聿垂著頭，半睡半醒地，他並沒有打醒他，放了安全帽就先走過去了，「我們剛剛在大樓那邊，二爸沒有跟你說嗎？」他還以爲二爸會在第一時間告狀，不過看大爸的樣子似乎並沒接到通知。

「大樓？發生了什麼事嗎？」疑惑地看著自家兒子，虞佟不解地詢問：「我從剛剛開始撥夏的電話，都一直有訊號干擾，聯絡不上，怎麼了嗎？」

將大樓的事稍微說過一遍後，虞因也發問了，「話說回來，大爸你半夜在這裡幹什麼？」如果他剛剛沒有看錯，他好像看見大爸拿著相片不知道在比什麼。

「嗯……說來話長，玖深他們前兩天在這邊拍到靈異相片。」遞過手上的相片，其實還蠻介意這件事的虞佟皺著眉說：「上面那半張臉跟這裡的死者很像，所以我想來這邊看看，說不定有什麼事……」

就著路燈看了看相片，虞因發出訝異的聲音，「二爸耳朵是在這裡受傷的喔！」相片上有一小點的黑色，如果沒有細看，肯定會忽略掉。

「是啊，不過他老是說沒事。」嘆了口氣，虞佟對這個弟弟還是感到有點頭痛，「之前辦案時被開了一槍也說沒事，眞不知道是哪種程度的沒事。」他應該說自己的弟弟忍受力極佳還是遲鈍？或是對自己的身體太不關心了？

有時他眞的很難放心自己的家人，尤其是這一種的。

打從很早以前，他就體認到這個弟弟在某方面來說會讓人害怕，尤其是太過自信而做出危險動作的行爲。爲了這些事，自己也唸過他很多次，但對方總是當成耳邊風，完全沒有放在心上，讓他感覺很頭痛。

「二爸一直都是這樣。」老早就習慣的虞因看看相片，又看看巷子裡，沒有什麼怪異的東西。

最盡頭的雜物依然存在，也可能又被人亂丟進什麼小垃圾，似乎與相片上的狀況不一致。不過他手上這張相片其實滿模糊的，所以看不出細節。

「對了，聽說這邊的案子和七樓那件好像有共通點吧。」看著幽暗的巷子，虞因想起之前聽到的對話。

「是啊，已經開始進行比對了，所以今天才會工作到這麼晚。」隱約知道他這次有介入，虞佟並沒有刻意隱瞞：「已經查證出來，徐茹嫻和賴綺琳兩個人的確有關聯。首先是徐茹嫻，她是化妝品專櫃小姐，賴綺琳是她的長期客戶。根據同事說明，徐茹嫻還兼賣其他東西，像是減肥藥、保養品之類的，兩人的感情似乎不錯，偶爾也會相邀出去逛街。不過不久前似乎發生了爭執，但是同事都不太清楚原因，只知道之後賴綺琳就不再去專櫃向她購買物品，即使有去也是挑她不在的時候。我們看了客戶記錄，的確如此，早先向徐茹嫻購買得很頻繁，但是近期都沒有了。」

爲了這些話，他傍晚時刻還特地再去那個專櫃問了一次，同樣又被玩了一次。

從專櫃上問到的也差不多只有這些，事實上徐茹嫻雖然和同事都有來往，但是大多數人只知道她兼了很多職和喜歡做點心，其他的事就不清楚了。

她並未讓同事參與她的私生活。

「是這樣喔……」

如果發生爭執，也可能演變成殺人事件，但就不曉得是什麼樣的糾紛。虞因這樣想著，把相片還給對方，一抬頭，他看見了幾乎跟上次一樣的畫面。

只是上次他是在圍牆後面，這次他站在巷子口。

一個女人蹲在那些雜物上面，嘴裡發出了奇異的聲響，同樣不友善地盯著他們。

說真的，整天這樣下來，虞因也很煩了。走到那邊也是、這邊也是，難不成最近是七月鬼門開？所以數量才會這麼多。

「怎麼了？」虞佟立刻就發現兒子的動作有點僵硬，很快地問著：「你該不會又……」

「嗯，看到了。」

拉著人往巷子旁站，虞佟壓低聲音：「在哪裡？」

「……最裡面的雜物堆上。」同樣把音量放很小，虞因靠在自家老爸旁邊說：「上次也在那個地方，不過感覺很凶。」他稍微形容一下自己的所見。

聽完後，虞佟思考了半晌，接著往巷子裡走去。

「大爸，你幹啥——」

比出噤聲的動作，虞佟的視線並沒有馬上望向最裡面，反而是小心翼翼地左右檢查，然後一步步逼近那些雜物堆。

就在快碰到雜物堆時，他聽見了某種聲音從上面傳來，不加思索，他馬上反應很快地往後跳開一大步，退出一段距離。就在同一瞬間，原本放在牆頭上的磚塊整個砸到他剛才所站的位置，發出巨大的聲音。

「快出來！」虞因看到就是那個東西把磚塊推下來的，於是在對方有動作之前，連忙大喊出聲。

虞佟立即往外跑去，那瞬間他只感覺好像有什麼東西從臉旁擦過，帶著冰涼的氣流，但是沒有碰到他。

踏出巷子外面後，虞因神色緊張地把他拖到摩托車邊，因爲剛剛的騷動，本來在後座已經快要睡著的聿揉著眼睛，疑惑地看著他們兩個。

「剛剛是不是遭到攻擊了？」沒有露出什麼驚慌之色的虞佟轉過頭，詢問自家小孩。其實他在進去前多少有點心理準備，才沒有眞的被打中。

「嗯，磚塊推下來後還要賞你巴掌，現在已經蹲回去了。」把一切看在眼裡的虞因有點緊張地扯扯老爸：「你不是故意去逗她的吧？」

虞佟點點頭，用理所當然的語氣回答他：「當然是故意的，不過這樣也可以知道那邊可能有問題，否則一般死者應該都是希望能盡早破案，不會妨礙辦案。」顧著一堆雜物垃圾太沒道理了，所以他開始懷疑那裡面是不是還有其他東西。

「那怎麼辦？」知道這些的虞因開口問。

「一定得進去看看，說不定是破案關鍵。」

「說得也是……但是現在進去就會被她打啊！」他心想二爸耳朵上的傷一定也是這樣來的，只是他本人沒察覺到而已。

他們都不知道被鬼打到的傷口最後會變成怎樣。

環著雙手，虞佟盯著那條幽暗的死巷，思考有沒有其他方法。

就在兩人都沉默之際，一個護身符出現在他們中間。

轉過頭，只見那雙紫色的眼睛在眨動。

「很好，就這樣試看看吧！」接過那只有點老舊的護身符，一向也很有行動力的虞佟直接就往巷子裡走。

這次虞因看得很清楚，裡面那個東西在他一踏進去時，馬上就閃避到圍牆外，一下子就不見蹤影了，只是不斷發出恫嚇的聲音。

那種聲音很像幼貓的淒厲叫聲，非常尖銳刺耳，讓人打從心底感到不舒服。

虞佟走到巷子底後，這次沒有別的東西掉下來了。他摸索了一下，拿出預備好的小手電筒往雜物堆裡四處照射，不過除了雜物、垃圾及一堆螞蟻、蟲子外，就沒有看見什麼怪異的東西。

戴上手套翻找了一下，仍然什麼也沒有，因爲身上沒有帶搜證工具，虞佟只拿出了傻瓜相機拍了幾張相片。不過這時夜深了，應該也拍不出什麼東西來，可能明天再去調閱玖深他們拍的相片比較好。

這次眞的沒再發生事情，稍微看過之後，虞佟就退出了巷子。

他一離開，那個東西馬上又蹲回雜物堆上，露出凶狠的目光。

「什麼也沒有。」走出來後，虞佟對著一臉緊張的大兒子聳聳肩，然後將護身符遞給後座的聿，他知道東西是虞因的，不過他會把它給人一定有他的想法。「明天再來看看，今天也不早了，我們快回家吧。」

看了時間，他在這邊逗留得有點久了。

催促著兩個兒子先離開後，虞佟才進了自己的車子。

太晚了，剩下的唯有明天再繼續了。

□

翌日，玖深黑了一張臉。

「老大……為什麼……要這樣對我……」他一大清早到工作室來，不是為了這種工作啊！

「有意見嗎？」陰森森地瞪了旁邊被他隨手抓來的人，虞夏停止了問話的動作。

「不、沒事。」

女人……又是女人。

看著眼前一堆美麗的女性們，很不擅長應付這種場面的玖深，只能悲傷地縮到一旁，小心翼翼地採取鐵櫃裡的樣本。

為什麼他會這麼倒楣，大清早開工可不是為了被抓到模特兒公司來幫忙問話啊！

正在詢問和賴綺琳交情比較好的女性模特兒，虞夏又開始詢問：「妳說之前賴綺琳會定時去拿減肥藥，但是現在都請別人去另一個店家那裡拿嗎？」

坐在沙發對座，名為麗莎的女孩點點頭，「做我們這行的多少都會吃那東西，只是大家的管道跟方法都不太一樣。綺琳姊曾介紹我吃她那款，說效果不錯，所以後來我也拜託她幫我拿。」

「她之前是跟徐茹嫻拿的嗎？化妝品專櫃那一位。」

麗莎點點頭，「就是那個小姐。我跟去過兩次，可是我覺得那個小姐怪怪的，老是用一種奇怪的目光在看綺琳姊。那種感覺我不太會形容，不過綺琳姊說徐小姐人很好，所以我並沒有多想，後來有幾次跟去也沒怎樣。」她聳聳肩，手臂上的蠍子刺青隨著她的動作在白皙的皮膚上彎動著，像是有生命似地，相當引人注目，「不過我就是不太喜歡她，她每次都一直盯著綺琳姊……我知道後來綺琳姊有介紹她的男朋友給徐小姐認識，三個人還一同出去過一、兩次。」

「這個我們也知道，聽說綺琳姊跟她男朋友快結婚了，他們為了結婚，已經存錢很久了，還為了省錢去住一個月三千元房租的鬼屋，只是家裡說不能同居，所以分別住上下樓。」旁邊一個比較年輕的女孩搶著說：「她還說她結婚後就要辭職了，然後請大家一起去參加她的婚禮。原本打算在冬天時去挑婚紗，誰知道……」

幾個在休息室裡的女孩互看了一眼，便說不下去了。

看來，賴綺琳在這邊的人緣應該是挺不錯的。一邊這樣想著，虞夏一邊記錄了談話，然後隨口問道：「她的男朋友是謝俊偉吧？」

「對啊，就是謝大哥，謝大哥是跑船的，我們都認識，他手上還戴著戒指，上面有綺琳姊以前名字的縮寫，聽說他原本計畫在結婚當天給綺琳姊一個有著他名字的鑽戒，這樣兩個就可以配成一對了。」

「原來如此。」

戒指是那個用意嗎……可是為什麼會出現在徐茹嫻的肚子裡？虞夏實在想不通，既然有這種重要的意義，謝俊偉應該不會眼看著戒指被別人吞下去才對，又或者是死者不得不吞？

「我想起來了。」麗莎拍了一下手，眨了眨塗有黑色眼線的大眼睛：「前不久，有一次我去幫綺琳姊拿減肥藥，結果在她家看見那個徐小姐在外面大吵大鬧，一看到我來她才走掉，而且用很凶的眼神瞪著我，讓我覺得有點可怕。」

「她去那邊幹什麼？」對了，住戶們也說過經常聽到有個女人在賴綺琳住的那層樓吵鬧。

「不曉得耶，我問過綺琳姊，但是她只說沒事，就什麼都沒說了；不過，後來我們曾幾次看到徐小姐在公司外面徘徊，卻沒有進來找人，不知道要幹什麼……這樣還滿可怕的，我們還提醒綺琳姊要小心，不要被潑硫酸，後來好像謝大哥有回來處理，她才不再出現。」

虞夏沉默了。

聽起來徐茹嫻跟賴綺琳的關係可能比他們原本想像的還要複雜，除了好朋友之外，還有過糾紛。依照他的經驗，大概不外乎是金錢方面的事情，但也有可能是男朋友的問題，兩個女生喜歡上同一個男人不是不可能的事，更何況他們曾一起出遊。

「我知道的就這麼多了。」看他什麼話都沒說，還一臉殺氣，麗莎連忙補上這句。

「我知道了，謝謝妳們的合作。」

虞夏很乾脆地拍起記事本，站起身。一旁縮到很裡面的玖深看見他要離開了，也趕快收拾自己的工具跟上去。

「如果有需要，會再找妳們。」

「不會，請快點將凶手找出來喔。」麗莎小聲地說著。

「嗯，會的。」

然後，他們踏出了模特兒經紀公司。

一離開經紀公司，玖深馬上鬆了口氣，不過也開始疑惑起來。上次跟虞佟去專櫃時，一堆小姐圍著他玩，怎麼今天跟老大來這裡反而沒有人敢伸出魔爪？

照理說老大乍看之下還比虞佟年輕呢……

他知道了，動物果眞都有察覺危險的本能，連人類也不例外，知道誰可以碰，誰不可以碰，眞是太神奇了！

推測出結論後，玖深感到非常滿意。

「你在那裡做什麼鬼表情！」注意到跟在後面的人一下皺眉、一下挑眉，接著還露出怪異的笑容，虞夏瞇起眼睛，「要是臉抽筋了，我可以搧你兩巴掌，幫你恢復正常。」他還忘記要算收驚那件事的帳，可以新仇舊恨一起來。

玖深連忙按住自己的臉，往後倒退好幾步，「沒事、沒事，拜託請不要管我，我一點事也沒有。」要死，被他一打臉不爛才怪。他還記得那塊磚塊的下場，他可沒有把握自己的臉會比磚塊來得硬。

虞夏也懶得理他，揉揉有點發痛的耳朵說：「回去了。」他們還有一堆事要辦。

「咦？阿司說你今天要去看門診不是嗎？」注意到對方的動作，玖深跟在後面追問。

「囉唆！」

「這樣傷口會惡化，可能會變成蜂窩性組織炎，老大你還是去看一下比較好。」

「……你是我媽嗎？」這麼囉唆幹什麼。

「……我要是有你這種小孩，不知道應該高興還是害怕。」小小聲地，玖深把臉轉開說著。

「你說什麼？」

「沒、沒事。」

正午時分，因為無聊打著哈欠的嚴司，將剛到手的檢驗報告拋在桌上。

「七樓那個確定是死於花生過敏，有驗出微量的花生醬成分，但是太少了，不知道是因為什麼東西吃進去的。另外巷子那個身上的自衛傷和指甲裡面的皮膚組織檢驗出來了，還有戒指持有者也確認了，是六樓那個。再來就是戒指上面也驗出微量的油漆成分。」

「接著，六樓那個身上有遭抵抗過的抓傷，檢查傷痕結果跟巷子裡那個指甲裡面的一致，七樓那個胃裡的花生醬與巷子裡的那個身上一致。玖深他們那邊出來的報告裡，七樓的門把上有巷子裡那個的指紋，表示對方曾經進去，巷子裡面那個身上的掌紋和指紋與六樓那個一致。現在可以證明的，就是六樓那個是殺了巷子裡面那個的最高嫌疑犯，但是沒有直接證據證明巷子裡那個殺了七樓那個，因為花生醬很可能是誤食。」一口氣說完長長一段話之後，他都開始有點佩服自己可以這樣繞口令地說完重點。

不過，很顯然另外兩個人並不佩服。

「可以麻煩你……下次直接講人名嗎？」從頭到尾只聽到一堆巷子跟六、七樓的黎子泓，在錯愕了三秒之後皺起眉。

整段話裡他只聽到一個人名，那個還是自己人呢！

如果這段話需要錄音，交給別人記錄時，那個人聽得出來在講什麼才有鬼。

可是，爲什麼是一個太閒的法醫來跟他們討論案情？

他開始覺得更加疑惑。撈過界應該也不是這種撈法吧……

「聽得懂就好了，計較那麼多幹嘛。」嚴司揮揮手，要知道一直講人名是很煩的，「人嘛，有耳朵就要善用，聽到就是你的了。」

「大概也只有我們聽得懂吧。」潑了剛剛報告那個人一桶冷水，虞夏很快地在腦袋中把所有資料重組了一次：「所以現在幾乎可以確定謝俊偉殺了徐茹嫻，但是賴綺琳命案的凶手還無法確定，而且男方的殺人動機也還未釐清。」

嚴司看了他一眼，點點頭繼續說下去：「另外調出通聯記錄，徐茹嫻生前最後一通電話是打給賴綺琳，而賴綺琳最後一通是打給謝俊偉，都在命案發生前後不久。」

翻著手上剛拿到的資料，虞夏瞇起眼，立刻把所有問題點都套上去：「這麼說來，很可能是她們兩個發生衝突後，徐茹嫻離開，被謝俊偉追上，不知道又發生什麼事，才慘遭殺害。」命案現場實在不像有計畫性的謀殺，可能是謝俊偉殺人後才弄亂了其他東西，讓現場看起來比較像搶劫。

雖然已經知道案情梗概了，但是中間很多細節都伴隨著死亡而消失，唯一的指望，就只剩下躺在加護病房裡面那個人。

有時候他眞的很討厭接手這種案子。

這樣就得等到剩下的人恢復意識，才可能問出其他細節。但是很有可能他永遠都不會再醒過來，一切都得看運氣和老天幫不幫忙。

「好麻煩……」坐在桌邊，嚴司發出聲音，「不過呢，我明天開始要連休三天，所以兩位老大你們請加油了。」再不休息，下一個命案就會是他了，傳說中的過勞死即將降臨。

他突然感到有點高興，還好他要放假了，回來後就可以直接聽破案過程，不用再跟著操下去，眞是太好了。

兩個還在加班中的人立刻轉過頭來看他。

「別太想我呀！」嚴司還欠揍地補上這句。

「爲了不讓我的拳頭太想你，先讓我打三天份，你覺得如何？」按著手指關節，話題被中斷還扭曲了的虞夏露出了詭異的冷笑。

黎子泓咳了一聲，轉開臉。

「喂喂！不要假裝沒看到！」居然轉開臉！居然要假裝沒有看到他被毆打是吧！他要去檢舉有檢察官包庇同僚，還官官相護！

「各人造業各人擔……」一邊唸著，黎子泓乾脆收拾收拾，站起身決定離開了。嗯，他還有很多事要做，時間寶貴、時間寶貴！

「沒良心！」

□

站在外面走廊邊，虞因透過玻璃窗看著房裡被拉出來的冰冷屍體。

下午時分，賴綺琳的家人到達後開始辦理認屍的手續，那具屍體又被推回冰櫃。之前離家時還溫熱的身體，現在已經僵硬地躺在裡面。

有時候這樣看著看著，會讓他覺得，人活在這世界其實並沒有什麼太特別的意義，反正人口多到每天幾乎都有「新人」被推到這樣的地方報到，人類的價值觀也已經開始不同，生命週而復始地循環著一樣的事。

這裡一樣、那裡也是一樣。

站在他旁邊的聿靠著牆縮著身子，有幾次像是在閃避什麼東西，不過虞因沒有看不出他在閃什麼。

「有那個東西嗎？」分神看往旁邊，虞因看他閃了兩、三次之後，確定他應該眞的是在躲什麼，就隨口問了句。

委屈地看了他一眼，聿直接將他往前推了兩下，整個人躲到他身後去。

「喂喂，我又不是一天到晚都看得到。」就算把他推到前面也沒用吧，那東西頂多是穿體而過，虞因歪頭望著後面那個人：「我問你喔，你是從以前就會這樣，還是最近才這樣？」他沒有忘記這傢伙疑似會碰到怪東西的事，只是這陣子沒機會追問而已。

聿拿出手機，在上面寫下文字，「以前。」

「很小的時候嗎？」

這次對方換成點頭。

「啥感覺？」因爲他只看得到摸不到，所以有點好奇。

皺起眉，聿看著自己的手掌，考慮著要不要比出中指。

看他的反應和動作也知道他要幹什麼，虞因在眞的被比中指之前先說了句「免了」，對方才把手放下，看來應該跟他看見的心得差不多。

「不過你也很奇怪，一般人應該都是看見而不是摸到，難不成你的人體組織密度比氣體還小？」以前他好像聽過什麼實驗，證明靈魂這種東西有點密度，不過那是很久之前看到的，現在差不多忘得一乾二淨了。

沒有回答他的問題，大概連自己都不知道爲什麼的聿貼著牆壁，繼續縮在他後面。

「嘖，這裡一定有很多不太乾淨的東西……」開始慶幸還好今天「跳針眼」狀況不好，否則虞因覺得自己一定會第一個衝出這邊。

約莫又等了一小段時間，虞因才看見大爸帶著兩個人往這邊走來，一個是有點年紀的中年婦人，一個是比較年輕的女孩子，聽說是死者的母親和妹妹。

他剛剛在那兩個人前去認屍時就站在這裡旁觀，看見死者是認識的人，她們先是一陣錯愕，然後是痛哭，和很多前來認屍的人反應幾乎都一樣。

「請和這位工作人員去辦理其餘手續。」讓旁邊的人將那對母女帶開後，虞佟才走上前來：「怎麼突然跑來這裡？」

搔搔頭，虞因不太知道該怎樣開口，「就……路過。」

「這麼說吧，我完全不相信。」相當乾脆地駁回他的話，虞佟推了下眼鏡：「刻意跑到這裡幹什麼？」這裡不是自己平常工作的地方，一定是有事，他兒子才會特地跑來。

「就……想問昨天那個人送到哪邊……」

「謝俊偉？」

「嗯。」看見眼前的人用懷疑的目光看他，虞因咳了一聲連忙開口：「不是有那個東西啦，我今天中午突然想起我之前見過這個人。」

虞佟帶著他們先離開這個讓人覺得寒冷的地方，領著他們到附近的咖啡館，找了個比較安靜偏僻的位置讓兩個孩子坐下。

下午，已經過了用餐時間，卻還未到喝下午茶的時刻，所以咖啡店裡人並不多，服務生將他們點的東西都送上之後，就躲到後面去偷懶了。

在所有餐點都上來、沒人打擾後，虞因才重新開口：「他撞過我，之前我到巷子那個命案現場時被他撞到，當時沒有注意，不過的確是同一個人。」

「他撞了你一下？」瞇起眼睛，虞佟想著剛剛收到的一些資料跟記錄：「回到現場嗎？」確實，很多人在犯案後都會回到現場觀察狀況。

他下午出來前才剛看過虞夏拿來的東西，所以很快就理解了狀況。

「咦？他是哪一件案子的嫌疑犯？」聽見他家大爸的話，虞因立即開口發問。

「徐茹嫻，就是巷子裡面第一個被發現的死者。已經在她身上找出謝俊偉攻擊她的證據，正在等他清醒，要進一步釐清案情。」並沒有隱瞞，信得過自家兒子的虞佟簡短說了個大概，「目前徐茹嫻很有殺害賴綺琳的嫌疑，但是找不到證據。」

「是喔？」原來已經進展到這裡了？

虞因一邊想著巷子那邊的事，一邊往旁邊看。

一點表示也沒有的聿正在吃著他剛剛點的甜食，淋滿蜂蜜的冰淇淋讓人看了就覺得膩。

他怎麼不曉得這傢伙吃這麼甜？

兩邊都慢慢沉默下來。

拿出公文夾，虞佟打開之後裡面露出了幾張相片。「這是她家人剛剛帶來的，聽說可能跟徐茹嫻有關，她們在家裡找到一些相關照片，一起帶過來提供給我們。」

接過來一看，虞因發現這就是兩個女性相偕出遊的相片，兩人他都見過——不過是在往生之後才見過的。其實撇去自己被驚嚇的部分不算，相片中的兩個女人都長得不算醜，賴綺琳還可說是相當地漂亮清秀，還勾著一抹彎彎的微笑。

相片約五、六張左右一組，都是兩個女人的合照。之後的相片有三個人，多了一個男的——賴綺琳的男朋友。

但是在多了男友之後，徐茹嫻的目光似乎就變得不太一樣，兩、三張相片中就有一張看著唯一一位男性的舉動，視線相當不自然地固定在他身上，但是在少了男性之後，她又歡笑地抱著賴綺琳拍照。

「看來她們私下真的蠻熟的。」翻看一下拍照日期，虞因發現相片大多是在三個月中拍的，歸納了她們出遊相片的日期後，發現一共出去了四次，其中一次還加上賴綺琳的男友。

「嗯，但是從同事和家人那邊都問不出來，這點就有點奇怪……賴綺琳的家人也只知道她有這個朋友，鬧翻後更是絕口不提這件事，所以也問不出個所以然。」剛剛才詢問過的虞佟嘆了一口氣。

「不過看相片中的樣子，該不會是徐茹嫻也喜歡這個男的吧？一直盯著他看，不過爲什麼會被他殺掉呢……」虞因思考著，皺起眉。搞不好這是所謂的情殺案件？

「這就不知道了。」苦笑著回答，同樣也一頭霧水的虞佟接回相片，又小心翼翼地收妥。畢竟他們並非當事人，所以到底發生什麼事也無法確實知道，只能憑著找到的線索慢慢拼湊，直到將所有隱藏的事情都拼完整爲止。

看著自家老爸收拾東西的動作，一瞬間不知道爲什麼，虞因突然開口：「大爸，可不可以借我一張她們的相片？」一說完，連他自己也有點錯愕，簡直沒經過大腦就說出口，讓他有點訝異。

同樣也很訝異的虞佟看著他：「你想幹什麼？」他隱隱約約覺得似乎沒什麼好事，便先開口問了。

「……說眞的，我也不知道，剛剛上天好像給我了靈感跟啓發，要我向你借相片。」就連他自己也很疑惑，他要借相片幹嘛？

虞佟沉默了一下。

一旁正在吃冰的聿發出了小小的咳嗽聲，稍微被冰嗆到了。

「嗯……那個，阿因，雖然我知道你有那方面的能力，但是我不太希望你走上奇怪的道路。」很委婉地修飾了自己的語詞後，虞佟突然覺得自己好像很久沒有好好地跟小孩作親子談話了。

「你放心，我對修道成佛沒興趣，也不打算在畢業後當神棍。」虞因翻翻白眼，在他阿爸正式開始語重心長地指導他人生道路前先開口澄清：「不過我是很認真地要借相片，一張就可以了，到時候如果派上用場我再告訴你。」

老實說，他還眞不知道會派上什麼用場。

凝神看了虞因半晌之後，虞佟才重新打開公文夾：「好吧，但是我也只能借你一張，因爲這算重要證物，所以別讓你二爸知道，好好保管相片，別惹出事情。」

「這當然。」

看著一堆相片，虞因借出了一張兩人的合照。

其實他曉得這是不對的行爲，尤其是大爸如果被發現隨意借出證物，一定會受到處分，但是不知道爲什麼，他就是覺得一定要借。

總感覺相片不太對勁，但是又說不上來，明明就是熱情點的擁抱合照而已……

「那麼先這樣吧，我還有點事，今天跟你二爸可能會很晚才到家，你們兩個自己去吃飯不要亂跑，門要鎖好，知道嗎？」站起身，一邊交代了雜事，虞佟拿起帳單說：「有事就打電話給我們……」

「好啦，知道了，我成年了，可以照顧這傢伙。」打斷了對方囉囉唆唆的交代，虞因勾起笑：「快回去工作吧。」

看了自己兒子一會兒，虞佟嘆了口氣，「就是因爲你在家我才會交代，小聿根本不太需要擔心。」爲什麼他兒子會是個脫韁野馬呢？明明就是他生的，怎麼跟他不太像？

「……喂。」

眞是夠了。

□

「你在這裡看什麼？」

拿著資料正打算出門的虞夏，路過自家兄長工作區時，並沒看見應該在這邊的虞佟，反而看見應該在別處的玖深正在使用他哥的電腦。

玖深抬頭看了他一眼，很靠近電腦螢幕地看著上面顯示的放大相片，「阿佟說他覺得這批相片有問題，找我來拷貝一份……可是我看相片就是上次我們去拍的那條命案巷子裡，不過他的相片太黑了，所以我想先借他的電腦調一調再拷貝。」幸好虞佟的電腦裡有簡單的影像處理軟體，不然他還是得拿回去用。

「上次那個地方？」虞夏瞇起眼睛。

虞佟去那裡幹什麼？

「嗯，看來是巷底的雜物，他拍這個幹嘛……」將第一張相片調亮到可以看清楚裡面的東西後，玖深還是覺得有點疑惑。

「等等，別動！」虞夏注意到某個地方不太對勁，於是立刻拍上他的頭，將他的頭推到旁邊去，自己瞇起眼睛瞪著電腦。

「怎麼了？」整個被推開，差點扭到脖子的玖深哀叫了一下，脫離魔掌後才又把視線放回螢幕上。

盯著電腦一下子後，虞夏皺起眉：「把我們拍的那批相片調出來，那天我拍了幾張巷底的相片。」

玖深連忙用虞佟的電腦連線到他們的資料庫，弄出那幾張相片，但他不是很明白這幾張相片哪裡有問題。

第一次拍的相片清晰不少，依舊是那些雜物，堆疊得到處都是，還夾著不少垃圾。

「這張。」快速瀏覽過這些相片後，虞夏指著其中一張。

看著那張一會兒，玖深還是看不出有什麼不對勁。

那張相片是拍著地面，旁邊仍是那堆雜物，接著地上有一條螞蟻隊伍，密密麻麻地圍繞在那堆東西旁。

「裡面有螞蟻窩吧……唉呦！」

虞夏直接摜了正在操作電腦的人一拳，還順便橫瞪了他一眼，接著用手指按在螢幕上相片中螞蟻邊的一點：「這裡，還有佟拍的那幾張裡面有一樣的東西。」剛才他靠得那麼近，居然沒有發現這麼不自然的東西。

捂著頭，玖深含著淚，再度仔細看著虞夏手指著的地方。

在螞蟻的包圍下，藏在那一大堆雜物中，不仔細看是不會發現的。

有個夾鍊袋的小角出現在那裡面，拍到的部分長寬不到一公分，但是足以讓他們分辨出那個夾鍊袋是新的，而不是陳年堆放在那裡的雜物。

同樣地，虞佟的相片中也拍出那一角的袋子邊緣。

「奇怪了，我們那天怎麼會沒有發現這個東西？」玖深愣了一下。那一天他們的確把四周都檢查過了，但是爲什麼沒注意到這個角？

「大概是被螞蟻遮住了。」因爲糖粉和屍體的關係，虞夏記得那天的螞蟻眞不少，所以可能是當時蓋住了才沒有發現。

「一般螞蟻不會去咬袋子吧……」有那麼餓嗎？

「所以袋子裡有新的食物。」虞夏立刻想到一種可能，於是把資料丟在桌上：「我現在馬上去現場，你給我重新檢查所有的相片。」

扔下發出哀嚎的玖深，虞夏很快就衝出外面。

如果、如果眞的像他所想的，那麼——

看著自家老大風也似地衝出去，欲哭無淚的玖深看著電腦上的相片，有種今天又要加班、不能回家睡覺的悲哀。

下次再也不在老大面前開檔案了……

不過，爲什麼當天負責檢查相片的電腦組沒有注意到這個問題？雖然說這眞的不容易發現，但是相片裡面如果有異物，一般都會標示出來才對。

接著，就在他認眞調出資料時，不小心也把那張靈異照片一起調出來了。

差點又被嚇到的玖深馬上關掉電腦螢幕，然後用力地深呼吸幾下，因爲這張相片也拍到雜物堆，所以他還是鼓起勇氣又轉回去看。

相片出現後，他整個人呆掉了。

一樣是那張靈異相片，但是如果他沒有記錯，上次他看到這張相片時，後面的那個應該是半張人臉……可是現在出現在他面前的……

爲什麼是整張人臉？

吞了吞口水，玖深看著那個下半臉都一片模糊的白影，和上次不一樣，現在連肩膀都出現了，已經不再是窺視的樣子，現在反倒覺得像是要爬了出來，詭異的目光惡狠狠地瞪著下面的虞夏。

因爲被自己的念頭給嚇到了，玖深從座位上跳了起來，連忙掏出手機撥打電話給剛剛出去的那個人。

他有一種非常不好的預感。

那個東西或許根本不想讓他們去拿那個袋子。

電話沒有接通，轉到了語音信箱。

「老大！老大你快回來，不要去了！喂！聽到要回我啊！」對著電話喊完，玖深覺得這樣不行，他家老大可是一塊鐵板，絕對不會因爲留言又跑回來，最有可能是去完再回來罵他一頓。

怎麼辦？

一瞬間，玖深想到另一個人，他立即掛了電話，轉撥別的號碼。

這次，對方很快就接起來了，背景沒什麼聲音，似乎是在室內：「阿因，拜託幫個忙，快點去發生命案的那條巷子……不要問啦！馬上過去就對了，快點！」

對方可能也察覺出他的不對勁，因此很乾脆地沒有繼續追問，就直接掛掉電話。

看著掛斷的手機，玖深抖了抖，下意識又去看電腦螢幕。

不看還好，一看他差點魂都嚇飛了。

相片裡的鬼臉抬頭看著他。

「媽啊！」

爲什麼又是他！

通常拍到靈異相片都說燒掉會比較好，那他現在要怎麼辦？燒主機嗎？要把主機燒掉嗎？

燒掉比較不會受到詛咒吧！

「喂！玖深你頭殼燒壞了嗎？」

數秒之後，當行政區的人發現有人要砸主機時，好幾個人馬上撲過去，阻止突然發狂的鑑識員警。

「玖深快住手！你砸了阿佟的電腦等於是踩到老大的尾巴啊！」

「要砸去砸別人的比較能活命！」

「是這個問題嗎？」

「先住手啦！」

整個行政區發生了小小的混亂。

無人注意到的電腦螢幕閃了閃，上面的白臉緩緩露出猙獰的笑容——

□

掛斷電話，原本和聿還在咖啡店點了其他點心的虞因站起身，放棄吃到一半的點心。

對座的人抬起紫色眼睛看他。

「玖深哥不大對勁，我們先去巷子那個命案現場看看。」會讓玖深這麼急，應該是很嚴重的事，所以虞因拿出錢包快速走向櫃台付帳。

看他的樣子，聿也沒有多加遲疑，就跟著跑了過去。

現在是下午，再過不久即將天黑了。

記著剛剛電話那頭的慌張，虞因沒有多加猶豫，就以很快的速度抵達了有點距離的第一次命案現場。

就跟他初次來的情況一樣，四周靜悄悄的。

那條巷子幽暗得似乎看不見盡頭。

才剛抵達，虞因就覺得四周的氣氛不對勁，上次他還不覺得有這麼陰，現在卻有種溫度瞬間下降的感覺。

但是他什麼都看不見。

「奇怪……又跳針了嗎？」明明連續兩次都在這條巷底看到那個蹲著的女人，但是不知道爲什麼，今天從白天開始虞因就一直看不見那種東西。

就連在最陰的停屍間都看不見。

爲什麼？

旁邊比較慢下車的聿脫下安全帽，轉過頭聽了一會兒之後，扯扯他的手臂。

虞因跟著轉過頭，看見另一台摩托車在他們附近停了下來。對方同樣也看到他們，不等他開口就先發出聲音。

「阿因！不是叫你們不要隨便到這種地方亂走嗎！」丟下安全帽，連防風外套都還沒脫掉，也是剛剛才抵達的虞夏停好車後，跳下來直接開口就罵。

「哎……是路過、路過而已。」還是先不要說是玖深叫他來的比較好。虞因打哈哈地帶過去：「從這裡可以回家啊，完全就是巧合，不用太計較。是說，二爸你來這裡幹嘛？」

他有種預感，玖深應該是叫他來這邊堵他二爸，但是不知道他爲什麼會那麼緊張。

不打算浪費時間扁人的虞夏白了他一眼，抓抓頭髮，「漏了東西，過來拿。」

「啊？」左看右看巷子裡都不像有東西啊？

「囉唆，我還要向你報備嗎！」罵了一聲，虞夏沒有多加遲疑，就往上次差點被磚塊砸到的地方走。

一瞬間，虞因聽到了那種會讓人發毛的咯咯聲。

像是青蛙一樣、被噎住的詭異聲音。

那個東西還在！

左右張望著，虞因就是沒看見有什麼異常。

爲什麼在需要時派不上用場呢？

聲音逐漸轉大，幾乎迴盪在巷子四周。

還未等他說什麼，旁邊的聿突然動了起來，馬上就往巷子裡跑。虞因隨之望過去，就見虞夏腳步晃了晃，在巷子裡停下來。

「二爸？」跟著跑進去後，虞因看見二爸摀著受傷的耳朵：「怎麼了？」他看向旁邊快了一步扶著二爸的聿。

聿茫然地搖搖頭。

「嘖！」張開手掌，虞夏皺起眉。

「二爸，你的耳朵在流血。」看見他手掌上跟耳邊都是血跡的樣子，虞因有點嚇到。帶點著黑色的色澤，而原本小小的擦傷似乎裂開了，不斷冒出液體，「太嚴重了！先去醫院！」他看見那道傷口附近不知道爲什麼開始流出暗黑的顏色，順著皮膚下的微血管往頭部擴散。

「等等，拿了東西再走。」開始覺得有點暈眩的虞夏還是堅持先拿出那個夾鍊袋。

「什麼夾鍊袋？」

「雜物堆右下邊有個小的夾鍊袋。」

轉過去，虞因看著旁邊的人：「聿，你們先退出去，我過去拿。」

聿點點頭，伸出手要去拉虞夏時，原本什麼表情也沒有的他卻突然整個人僵住了，手就這樣懸在半空中，紫色的眼睛瞠大，露出了驚愕的表情。

虞因馬上就發現不對，光看聿的動作也猜得出來他摸到什麼了。

有東西在二爸身旁！

腦袋閃過這念頭的那一瞬間，虞因突然看見他與二爸之間隔了一個白色的東西。帶著令人作嘔的屍臭味，以及那個幾乎就貼在他耳邊發出的喀喀聲。

眼前的女人轉過頭看他。

他整個人寒毛都豎了起來。

就像突然掉到冰庫裡面，四周的氣溫在瞬間降低，那種惡意的氣息濃濃包圍住他們。

女人的身影就只在交錯的一瞬間現身，眨眼又突然消失不見。

「滾開！」發現周圍不太對勁的虞夏抓住旁邊兩個同時驚愣住的小鬼往後丟。

虞因很快就回過神來，他聽到某種正在剝落的聲音，夾帶著金屬，接著是有東西從上方掉下來、「砰」的一聲撞擊在地上。

他看見牆上的磚頭往下掉，就掉在剛剛他們站著那裡，差一點就砸到人，如果不是二爸即時拉開他們，他跟聿可能真的會被打到。

更讓虞因感到震驚的是，原本在牆上的防盜鐵絲正用奇異的方式扭曲著，像是有什麼強悍的力道用力擠壓，迫使它變形斷裂，插在水泥裡的舊玻璃片不斷抽動著，好幾塊已經脫出水泥掉下來。

那個夾鍊袋有那麼重要嗎？

咯咯咯的聲音越來越響，已經蹲在雜物堆上的女人咆哮著，發出驅逐恐嚇的聲音。

第一根鐵絲掉下來，半掛在空中，危險地上下晃動著，折射著冰冷光線的影子也在牆上來回移動。

「這是怎樣……」虞因把後面的聿往巷口推開好幾步，讓他先退出巷子範圍。沒想到這個「東西」的反應會這麼激烈，看起來似乎是不想讓他們順利取得夾鍊袋。

知道狀況很險惡，聿連忙小跑步地先到外面，然後著急等著他們往外退。

「嘖！」用手背擦去已經染到臉上的血沫，虞夏瞇起眼睛瞪著雜物堆露出來的一小角。

看情況很不對勁，連忙拽住似乎還想進去的虞夏，虞因拖著人往後退：「二爸，先出來再說！」他看那個女人已經打算撲上來，被撲到絕對不會只有耳朵流血那麼簡單了。

往後退了一步，虞夏很敏銳地聽見另一種從巷口傳來的怪異聲音，幾乎是本能的反射動作，他一巴掌打偏了虞因的頭，然後將人踢倒在地。

就在虞因倒地的瞬間，由後方斷裂彈出的鐵絲甩過了他剛剛站著的位置，劃過虞夏的臉頰割出了淺淺的血痕。

「挖靠……用講的我會躲啊……」按著痛楚的腦袋，摔在地上的虞因突然覺得跟厲鬼比起來，他二爸還要可怕多了，搞不好到時候不是遭到攻擊致死，而是被自家人用躲避危險的理由給打死的。

還未抱怨完，一塊玻璃就掉在他前方不到五公分處。

不敢再繼續講下去，虞因抱著頭，爬起身。他們前後都掛著鐵絲與玻璃片，前進後退都非常勉強，尤其是本來就不算大的巷子裡還擠了兩個男人，能躲避的範圍就更窄了。

「碰」的一聲，有塊牆上的玻璃莫明炸碎，粉屑噴得整面牆都是，接著是第二塊，然後第三塊，急速逼近他們站著的地方。

脫下了身上的防風外套，虞夏直接摔在虞因頭上，接著一腳從他屁股後面用力踹出去。

完全沒想到二爸連講都不講就這樣硬幹，虞因只感覺臉上一黑，整個人以狗吃屎的方式摔飛出巷子，很難看地跌在地上。因爲有外套蓋在頭上，反倒沒有被掉下來的玻璃或鐵絲割傷。站在外面的聿一看到他被踢出來，也不管三七二十一地拖著人就先往後退開。

「喂，二……」

虞因立刻手腳並用地爬起身，他才剛扯掉頭上的外套，就看到還留在巷子裡的那個人一手揮開飛過來的玻璃碎片，不管有沒有被劃傷，另一手抽出了讓他覺得很不妙的東西，還拉開了保險。

像是沖天炮飛到天空爆炸的巨大聲響撕裂了安靜的街道，打斷了虞因的喊叫聲。

連眼睛都不眨，虞夏直接朝空放出了第二鳴槍響。

就在那時，虞因真的看見了，原本還對著他們張牙舞爪的「東西」受到巨大的驚嚇，整個臉、身體全都扭成一團，第二聲槍響讓她發出尖叫聲，接著槍聲還沒停止，她就竄到牆後，消失了。

連個鬼影都沒有留下。

原本牆面上還在騷動的鐵絲和玻璃碎片，像是瞬間被抽去生命力一樣，全都停了下來，碎片落得滿地都是，折射了街角剛打開的路燈，而鐵絲就掛在空中一晃一晃，然後慢慢停了下來。

四周在數秒後恢復平靜。

虞夏只放了空槍。

「嘖，眞不想寫報告。」乾脆就這樣混掉好了。槍枝冷卻後，虞夏邊想邊把槍收回衣服底下的槍套裡，抬頭正好看見目瞪口呆的兩個人，「看什麼看！」

愣了好一段時間，虞因才把飛出去的靈魂混著口水吞回喉嚨中，然後到處看了一下，那個東西真的消失得很徹底，完完全全不見了。

開槍居然比護身符還有效？

懶得再管他們要驚嚇還是魂飛，虞夏直接走到巷子底，把雜物全都摔開，最後出現在下面的是只差不多巴掌大的夾鍊袋，裡面還有幾隻來不及逃走的螞蟻和幾顆膠囊；其中有顆已經破開一半，不知道是融了還是被螞蟻分解掉，總之裡面露出褐黃色的東西。

「花生醬。」

看著夾鍊袋，虞夏冷冷地吐出三個字。

他還記得，先前他們進入七樓搜查時，那裡有減肥藥，和他手上夾鍊袋裡面的內容一模一樣，而湊巧一開始拿減肥藥給賴綺琳的，正是徐茹嫻。

那天晚上，徐茹嫻去過七樓。

「原來是這樣吃進去的。」勾起唇角，虞夏從口袋取出小袋子，將夾鍊袋放進去後走出巷口。

一見到人出來了，好不容易才鎮定下來的虞因馬上迎過去，「二爸，你要不要先到醫院？」他眼前的死娃娃臉身上至少有超過三個傷口，雖然大都是小擦傷，不過那些鐵絲、玻璃都有一段時間了，一定髒得要命，不先消毒可能會受到感染。

「局裡有消毒藥水。」走向自己的摩托車，虞夏完全不將傷口放在眼裡，拿出手機撥回單位上交代事宜，之後就跨上車子。

「你會被大爸罵喔！」回去用消毒藥水擦是吧……虞因深深相信他擦到一半時，絕對會有個跟他長得一樣的雙胞胎衝進去雜唸，外加拖人到附近的小醫院上藥。

不，也有可能還未擦就先衝進去了。

虞夏看了他一眼：「到時再說，你們給我滾回家。」語畢，拿著安全帽往頭上一套，抽回了防風外套後，就發動摩托車離開了。

目送那台車消失在街道盡頭，虞因才把視線收回來。

他想，如果下面的世界有所謂的情報網，二爸一定是那種被列在頭條不可惹的超級黑名單裡。

眞是太可怕了。

□

四周安靜得像是連空氣都快凝固了。

虞因嘆了口氣：「吶，我們回家吧。」他拍拍一旁聿的肩膀，這樣說著。

抬起頭看了他一會兒，聿抿了唇垂下眼睛看著自己的左手。

隨著他的目光往下望之後，虞因差點飆出髒話。

他覺得今晚已經夠混亂了，他只想好好回去睡個覺、把事情都忘光，這樣對精神狀態會比較好，但是爲什麼這些東西老是不肯放過他們！

一隻蒼白的小手拉住了聿的左手手指。

那條手臂是從聿的身後伸出來的，肩膀處則是一片黑暗，根本看不清楚其他部位。

「拜託……明天再來吧……」盯著那隻手看，虞因發出了哀嚎。

不曉得是不是對方聽懂他的話或是有其他原因，那隻手放開了聿，緩緩向後縮，直到完全消失不見。

該不會眞的明天又來吧？

看著手指緩緩消失，虞因突然驚覺剛剛應該叫他滾回去，而不是明天再來才對。

眞有這麼好溝通嗎！

他嚇到了，原來可以這樣溝通，實在是太奇妙了。

被放開後，聿連忙甩著手，離開原地好一段距離，等到比較平靜後，才自行走向摩托車，並且坐上去。

看著大樓的方向，虞因沉默了。

七樓依舊站著一個女人遙遙地望著他們，他不知道那個女人到底在想什麼，或是根本什麼也沒有想，只是等待家人來將她帶回去。

因爲看得見，他知道出事的靈魂大多會待在原地，不曉得是什麼原因，他們很少會離開。並不想眞的做這種行業的虞因從未深究過這些事，反正他只要知道個大概，然後可以避開這些亂七八糟的東西就夠了。

畢竟，他們是活在不同的世界。

聽見街道附近開始騷動起來，虞因猜想應該是剛剛那兩槍的聲音引起附近居民的注意，隱約好像還聽到警車的聲音。

「可惡，居然不先打電話跟附近的警局招呼一下。」一邊抱怨著只記得衝回去工作的傢伙，一邊匆忙地跳上摩托車，用最快的速度逃離現場。

要不然等會兒要是被抓到，連怎樣解釋都不曉得。

最後一次轉過頭，虞因只看見小孩子的身影消失在街道盡頭。

□

「你們把我的電腦怎麼了？」

折騰了一天，回到工作桌前的虞佟看著早上離開時明明還很正常，晚上回來後卻變得完全不正常的電腦，開口詢問。

他不過是出去把該做的事做完……

為什麼一回來就看見桌上的電腦被貼上了亂七八糟的符紙，主機還用寫滿不明字體的黃布綁起來，再用大垃圾袋包住、塑膠繩纏住，最外面還有一張大白紙，上面寫著「危險勿碰」。

自己最近在局裡得罪了誰嗎？

喔！不，他跟夏得罪了誰嗎？他的機率比較小，有可能是犯人因為被虞夏修理過，而把怨氣發洩到他身上。

或者，愚人節到了？

旁邊的同事咳了一聲：「下午玖深說在你的電腦裡看到靈異相片，根據不知啥的習俗要快點燒掉，所以他本來要燒掉你的主機。」幸好他們把人給制伏了，不然還不知道要怎樣申請公費重組一台，光是損耗理由就很難說出口了。

更可怕的是，讓玖深把主機燒了之後，那個叫作虞夏的人，有百分之九十九的機率會遷怒到他們身上，連罪名他們都想好了，叫作「保護不力」或「縱容犯罪」等等，接著他們一定會跟著玖深陪葬。

幸好他們阻止了玖深燒主機。

退一步的結果，就是玖深不知道去哪弄來一堆東西，把電腦搞成這樣。

「原來如此。」看著桌上的電腦，虞佟大概知道一定是最後燒不成，那個在某方面膽子並不大的玖深又怕他回到座位時會遭到詛咒，才想出這種折衷方式。

其實，玖深眞是個不錯的同事，很爲他們的安全著想。

一邊這樣想著，虞佟一邊慢條斯理地把符紙、符咒跟垃圾袋清理乾淨，再重新啓動電腦，螢幕上立刻出現了啓動程式的畫面。

幸好玖深沒有想到要把存有相片的記憶體拿去曝曬淨化，不然他的資料可能會全部在陽光底下昇華。

等到電腦完成開機後，他打開了掃描機把今天拿到的相片一一存到資料庫裡。這時，外面走廊傳來不小的聲響，有人匆匆忙忙殺過去，還夾帶著旁邊路過員警的驚訝聲。

如果是平常就算了，但是虞佟在聽到「老大快去上藥」這樣的話之後，他便直接丟下手邊的事情走出工作區。

剛回來的虞夏直衝鑑識組，因爲已經過了下班時間，所以人不多，只剩下還在加班的玖深跟另外一、兩個同僚邊拿著泡麵邊聊天，他們正要去休息室煮熱水。

「老大?你怎麼了?」

遠遠就看到虞夏身上有好幾道傷口，玖深把泡麵一丟，立刻上前去關心：「不是說去拿夾鍊袋，你該不會被什麼給教訓了吧！」他家老大的樣子太嚇人了，頰側還有乾掉的黑紅血跡，這一路衝過來，路過的員警都在看他。

難不成叫阿因去還是逃不過一劫？

「啥東西？」瞇起眼睛，虞夏根本無視於其他人錯愕的目光，逕自把手上的東西丟給眼前的傢伙：「夾鍊袋我拿回來了，給我化驗出來。」

「啊？」手忙腳亂地接住突然向自己臉上丟來的東西，玖深定睛一看，看到了頗爲眼熟的膠囊：「減肥藥？」他當然認得出來這是什麼，因爲之前在賴綺琳家裡曾採樣化驗過，不過當時驗出就只是一般的減肥藥，除了藥效強了點，會讓人拉到死之外，就沒有什麼特別奇怪的地方了。

眼前的人沒有吭聲，玖深擦擦冷汗後，又仔細把東西看清楚，然後看見了裡面那坨褐黃色的東西，「花生醬？」塞在膠囊裡面？

虞夏點點頭：「檢查夾鍊袋上的指紋，如果是徐茹嫺所有，那麼就可以確定是她殺了賴綺琳。」

那一天她被逼入巷子，只想著要丟棄證物，因爲只要警方知道賴綺琳死於過敏，便一定會找上她，所以她將東西丟在那裡。但是沒想到隨之而來的是她自己的死亡。

夾鍊袋成爲她死後的祕密，她並不想被人發現，才會一直盤據在那裡，攻擊任何意圖靠近的人吧。

「我知道了。」玖深捧著小袋子，一溜煙跑回工作區。旁邊兩個同事看他又開始忙起來，一起幫他把泡麵拿去煮了。

丟出東西後，虞夏才發現耳朵的傷口不知道從什麼時候開始不痛了，連出血也停止，乾涸的痕跡貼在臉側跟脖子上還有點癢；加上身上那些鐵絲跟玻璃造成的小傷口也有點腫起，他想了想，決定先回辦公室消毒傷口。

「夏？」

一道低沉的聲音從虞夏身後傳來，他立刻就知道不妙了。

從後面跟來的虞佟瞇起眼睛，慢慢踱著步來到他面前，接著從上到下、從左到右將他打量過一番，最後才緩緩開口：「你不會只想要拿罐消毒藥水擦一擦吧？」

被猜對了！

虞夏轉開頭：「又不是什麼重傷。」反正小傷口一定會好，有沒有藥都一樣。

「我跟你講過多少次，受了傷不要只拿消毒藥水、酒精去擦……你上次還給我拿錯，拿成工業酒精！明明出去外面右轉就有小醫院可以包紮，不然你找阿司幫你包也可以，你是將我的話都當作耳邊風嗎？」虞佟露出微笑，拍拍他的肩膀，用很像在與孩子講話般的語氣說著。

他發火了。

一看見對方的樣子，跟他生活了三十幾年的虞夏，立即知道對方現在的心情絕對好不到可以衝著他笑，「都是小傷，不用太大驚小怪。」反正之前用酒精擦過之後還不是會好，頂多就是有點痛而已，「而且工業酒精我也沒用到。」

「那是因為在你用之前被玖深發現了，被他擋下來。」聽說當時虞夏一邊看著資料，一邊抓了罐工業酒精扭開，準備要淋上傷口，幸好在附近的玖深眼尖看到搶下來，不然虞佟認為他的雙生兄弟那次絕對會被送醫的。

「嗤！」

一邊罵著嗤什麼嗤，虞佟一邊拖著他弟往外面走。

在走廊外圍觀的其他人看見他們走出來，立即一哄而散。

「這樣扯很難看耶。」試圖拉回自己的手，虞夏皺起眉抗議著。

「知道難看你就應該乖乖把該做的事做好！」

「……嘖。」

□

第二天一早，爲了避免那些小鬼又像上次直接殺到家裡來，還沒八點虞因就已經難得地起了身，沒賴床，下樓開始打點。

與其每次都在下午傍晚過去受到驚嚇，他決定要在日光充足的上午先殺過去，畢竟那種東西應該比較忌諱陽光，這樣要嚇人也能力有限，他也比較不會接連好幾天都被那些東西給嚇到神經衰弱。

一下樓，先傳進嗅覺的是某種香甜的氣味，那種帶著牛奶攪拌麵粉與砂糖的味道。

根據經驗，大爸是健康主義奉行者，不可能在一大早就弄這種甜的東西當點心——

「哈囉，阿聿的哥哥你醒了嗎？」

聽見那種語尾有愛心符號的語氣後，虞因的頭又開始痛了起來，同時整個人也跟著完全清醒，連一點睡意都不留。

「妳在我家做什麼！」這個小女孩居然入侵他家了！而且還入侵廚房！

「做早餐呀，剛剛來時阿聿說你家大人沒有回來，他正要去買早餐，所以我就幫你們做囉。」張開手掌，方苡薰讓對方看看自己手上正在拔的生菜葉：「鬆餅喔，你要可可還是牛奶？一大清早配咖啡不好，或是要濃湯呢？我看就濃湯好了，你家廚房有很多東西耶，整理得很乾淨，沒想到住滿男生的家裡還可以這麼整齊；而且也弄得很大、很舒服，我家廚房至少比這裡小了快一半，只夠一個人用。」

那是因為這裡有個很愛整齊，很愛煮東西的阿爸……

「妳會做飯？」看著她毫不猶豫的動作，虞因倒是有點驚訝，現在很多女孩子都不諳廚藝，包括他認識的好幾個同學，能做出完整無缺，不要燒焦的蛋炒飯就很能讓人喝采了。

方苡薰勾出了甜甜的笑容：「我家女生都要學做飯，這樣以後男人如果吃飯嫌東嫌西，就叫他自己煮，不准去外面買，讓他嚐嚐不會做菜還敢靠夭會有什麼報應。」

「……妳剛剛說髒話。」聽見了很明顯的「靠夭」兩個字，虞因愣了一下。

「唉呀，不小心罵出來了。」完全沒有懺悔的意思，方苡薰走回流理台前：「因爲阿聿說可以相信你喔，所以我才沒有繼續裝乖小孩。」

「眞是太感謝了，居然可以得到妳的信任。不過我覺得我很難高興得起來。」爲什麼身邊稍微能看的女生本性都是這種鬼樣子呢……

虞因開始覺得有點難過。

熟練地將鬆餅煎好，還弄出生菜沙拉，方苡薰打開旁邊的小鍋子，煮起濃湯：「啊……不用太悲傷啦，其實人本來就是這樣，你在家裡、在自己人面前，一定跟在陌生人面前不一樣，而且我還是小孩咩，會比較任性，大家熟了就沒事。」

其實她這樣說也沒錯啦，只是讓人不太好調適而已。

嘆了口氣，虞因走出廚房，客廳裡的電視老早就被打開了，蜷在沙發上的聿只是抬起頭看了他一眼，又將注意力放回早上教英文的節目當中。

「她來幹什麼？」既然大人都不在，那麼開門的一定是比他還要早起的聿，這樣想著，虞因坐到沙發的另一端。

拿起旁邊的本子在上面寫了幾個字，聿轉過去給他看，「問作業裡的生字。」

「喔。」知道聿的英文能力很強，得到答案之後虞因並沒有繼續追問其他問題，只是把借來的那張相片拿出來看。

他昨晚想了老半天，想破頭也不知道自己為什麼要借回這張相片。

相片上，兩個已經成為過去的美麗女人露出了漂亮的笑容。

如果她們現在還活著，感情破裂了……應該也不會再這樣笑了吧？不過，世事往往很難預料，有時候能夠繼續活下去才會發生好事情。

「唉，到底是為了什麼事情要搞成這樣？」光看這張相片也看不出個所以然，虞因心想還是晚一點把相片還回去好了。

「哎呀，你女朋友嗎？」

突然從他背後冒出一個問句，虞因愣了一下，馬上將相片收起來，「妳幹什麼偷看！」

方苡薰手上端了一大盤鬆餅和生菜，她繞到前面來，將東西都放下後才開口：「你拿那麼高我當然會看到啊。那是你女朋友嗎？為什麼一次有兩個啊？你被合法允許劈腿嗎？」最近的女大學生肚量還眞是罕見地大啊。

「劈妳個頭，這兩個我都不熟。」要是熟了多可怕，一個是靜悄悄，一個是凶惡，兩種類型但基本上都曾對他們有某種層面的威脅，打死他都不想要跟她們熟。

「是喔，那麼她們是一對嗎？」

愣了一下，虞因錯愕地看著正在打理餐點的女孩：「妳說什麼？」

方苡薰橫過身子，抽出他手中的相片，「喏，其中一個不是抱住另一個嗎？而且她還很熱情地盯著她看耶，仔細看我還以爲她們正在交往。難道我猜錯了嗎？奇怪了……我的直覺一向很準。」

「不，妳再講一次。」瞇起眼，虞因突然感覺自己的背脊有點冷。

或許，他們忽略了另一個祕密。

旁邊的聿已經轉過來看著他們，連電視都關掉了。

方苡薰眨眨漂亮的大眼睛，偏著頭說：「就這一個……」她比著相片上的徐茹嫻，「你不覺得她看另一個女生的目光很熱情嗎？如果是我同學，就算再要好也不會這樣看著我，而且她還整個抱住她耶，感覺上就像是很喜歡她的樣子，所以我才會覺得她們是不是正在交往。其實這種事沒什麼啦，如果是你的朋友，可以好好鼓勵她們啊，又不是什麼不好的事情

——赫！」

虞因猛然起身，把方苡薰還未講完的話給嚇掉了。

他的腦袋裡浮現其他在虞佟手上的相片，還記得的確有好幾張表現得太熱情了，又摟又抱地狀似相當親膩，但是只要有男生在，她就會一直盯著男生看。

他還以爲徐茹嫻可能對謝俊偉有意思。

……他們可能想錯了。

掛掉電話，虞佟看著旁邊的雙生兄弟。

「阿因說啥？」已經熬了一晚的虞夏，喝著投幣式罐裝咖啡，打了個哈欠。他旁邊還坐著黎子泓，對方不知道爲什麼一大清早就跑到這裡來，害他原本想睡個半小時都不行了。

他們在休息室裡，桌上擺了幾種早點。

「……說了一件很糟糕的事。」虞佟頭暈暈的，沒想到他們都忽略了這一點。

「是指相片的事嗎？」坐在旁邊的黎子泓冷不防地開了口：「昨天我看了你們拿過來的相片，也發現奇怪的事。」他花了半個晚上在研究這些相片，直到歸納出結論，讓他有點意外的結論。

「徐茹嫻和賴綺琳的那些相片嗎？」昨天掃入電腦後，虞佟就先傳了一份給他。

「是的，我想我們想到的可能是一樣的事。」從公事包裡拿出幾張列印照，黎子泓看著眼前兩張相同的面孔：「徐茹嫻在看著謝俊偉時根本沒有笑意，加上之前的訪談，我覺得她的目標應該不是謝俊偉……」

「是賴綺琳。」嘆了一口氣，虞佟這樣接了下去。

他們忽略了訪談裡不太對勁的話，賴綺琳的同事跟徐茹嫻的同事都說過了，如果朝這方向一尋思，那些不對勁就幾乎都說得通了。

很快就明白他們兩個在說什麼，虞夏接過那些相片來看。

「我想應該是她單方面的喜歡，畢竟賴綺琳與謝俊偉已經有婚約了，且根據同事與親友證詞，賴綺琳應該不太可能再接受另一個人，而且還是同性，後來的爭執說不定也是爲了這個緣故。」黎子泓依舊以淡然的口氣陳述著：「或許她本來只是想給賴綺琳一個教訓，她應該知道她有過敏，但是不知道會如此嚴重。」

幾個人同時沉默下來。

虞夏將手中的列印相片放回桌上，咖啡已經開始冷卻，「所以賴綺琳應該是吃了減肥藥發現不對勁，才打電話給謝俊偉……」

「很有可能是謝俊偉回來後發現女友死了，才追上離開不久的徐茹嫻，接著失手殺死她。」想著一樣的念頭，虞佟嘆了口氣。

他們的想法其實都差不多。

沉默了半晌，黎子泓站起身，「先這樣，有事再告訴我，我那邊還有事得回去處理。」

「好的。」

送走黎子泓之後，虞佟再度回到休息室，這才發現虞夏不知道什麼時候橫躺在椅子上，已經睡了起來。

總算累了啊……畢竟虞夏手上不只這麼一件工作。最近案子越來越多，以前重大案件不算多，但是現在卻持續增加著，有時真的會讓人喘不過氣來。

尤其他知道自家雙生兄弟是事必躬親者。

打算先退出去讓他休息一下時，某個聲音劃破安靜的空間，原本閉起眼睛的虞夏馬上翻起身，拿出了手機。

聽了幾句之後，他立刻皺起眉，然後掛掉電話。

「怎麼了？」虞佟看他臉色不對，追問著。

「醫院來了消息，謝俊偉早上曾短暫清醒，當時向現場員警承認他失手殺害徐茹嫻，對方在掙扎中將他的戒指呑了進去……說了這些之後又陷入昏迷，現在正在急救，情況並不樂觀。」站起身，虞夏收起手機：「我現在要過去醫院一趟。」

雖然事情已經差不多都解決了，但是仍然有些疑點，他必須當面問那個人。

也很有可能再也問不到。

「我跟你一起過去。」

「嗯。」

□

放下電話，將方苡薰的想法轉告給還在警局的那兩個人後，虞因又回到客廳。

「怎麼樣？我不能保證我說的對不對喔，我只是猜測。」正在跟聿一起啃鬆餅的方苡薰一看見他走進來，就先開口說了。

「沒關係，是不是正確警察會自己分辨。」其實方苡薰這樣一講，虞因也覺得事實應該就是這樣，她並沒有說錯。

「那就好。」

「我等會兒要出門一趟，你們兩個在家裡要好好作功課，不要胡來。」虞因拿起自己那一份早餐快速吃完，發現味道其實還不賴，使他對這個女生稍微改觀，不過他還是有點忌憚她。

總覺得這個叫方苡薰的女孩一定不像她表現出來的那麼簡單。

「你要去上次那棟鬼大樓嗎？」大大的眼睛望向虞因，好奇詢問著。

虞因立刻轉過去看聿，知道這件事的就只有他們兩個，而後者把臉轉開，不理會他無聲的詢問。

這小子……

「我可以跟去嗎？」一臉期待地看著他，方苡薰順便斜過身子拉住聿：「阿聿也要去啊，你們總不可能把我一個人丟在陌生的環境裡吧？」

事實上虞因覺得就算把她丟在墳墓裡，她應該也可以完好無事地走出來。

「你也要去？」看著還安安靜靜咬著鬆餅的聿，虞因挑起眉。

聿緩緩地點了頭，繼續吃著他的早餐。

「摩托車一次載三個會被開單。」而且他不是很會開車，更沒種去動二爸留在家裡的車子。

「走路去就好了啊，反正又不會很遠，年輕人就是要多運動才不會老化！」方苡薰笑嘻嘻地說。

「很好，我們兩個騎車，妳用走的。」摩托車最多就是只能載兩個嘛。

「阿聿的哥哥，你沒聽過女士優先嗎？」

「我只聽過年輕人要多運動。」

「……嘖。」

快速結束早餐時間後，虞因當然不會真的放她自己步行前去，待她整理好東西，一行三人便朝著有一小段距離的目的地出發。

他一直在思考，那兩個小孩究竟想幹什麼？

根據二爸所說，當年他們家不知道發生了什麼事，那兩個小孩失蹤……就現在的狀況來看應該是死掉了。而父母的屍體在出海口被尋獲，唯一倖存的一個精神受到打擊，直到現在仍然什麼話都問不出來。

當時發生了什麼事？

從鄰居提供的線索也無法猜測，只知道他們偶爾會修理小孩，而原因是小孩將東西往樓下丟。

「話說回來，上次也眞巧，剛好路過這一帶時遇到那個九樓的媽媽，才可以問到其他的事，今天不曉得會不會再碰到她。」大步跟在虞因後面，方苡薰很開心地與聿攀談著，雖然幾乎全是她在說話，不過聿偶爾會回她幾句話。

就這樣維持著一前兩後，走了一段時間後，那個巷口以及大樓便出現在他們面前。

巷子裡依舊維持著昨天最後的狀況。

虞因停下腳步，因爲虞夏曾經大肆翻動，裡面的雜物已經亂得更徹底了，有些還斷掉了，完全是一片混亂。

他沒有看到原本蹲在雜物上的東西，不知道是受到嚴重的驚嚇，還是東西被拿走後她也跑了，總之就是已經不見蹤影了。

空巷裡的鐵絲還在晃動。

因爲上面的東西落下，巷子裡有某種程度的危險，所以不知道是附近的居民還是警方拉起了一道禁止進入的隔離線，就怕有人誤入，被鐵絲或玻璃給劃傷了。

有一、兩個記者在這邊拍照。

略過這些東西，他們很快地轉過巷子，直接來到大樓前。

可能是大白天的關係，早上十點左右的大樓看起來並不像下午那麼陰森，不過樓梯間還是一片黑暗。大概是因爲建築物的關係，陽光沒有辦法照射到裡面去，得靠電燈才行。

電梯不知道停在第幾樓，指示燈悠悠發著亮。

接近大樓之後，方苡薰的話也明顯變少了。

「嗯，今天人比較多，沒問題。」抓著聿的手臂，她推了一下虞因：「喏，快點，讓我們前進四樓吧！」

虞因沒好氣地白了女孩一眼：「通常說這種話的應該會勇往直前跑第一個吧！」她怕他就不怕嗎？這棟大樓太陰了，他根本不想沒事在這裡出入！

「我是女生嘛，你們先請。」抬頭看了看空蕩蕩的四樓，方苡薰吞了吞口水，這樣說著。

看他們兩個似乎都不想走第一個，聿抽回自己的手臂，直接踏進大樓。

「啊，等等我嘛！」方苡薰追上去了。

看著兩個小的跑進大樓後，虞因嘆了一口氣，接著也抬頭看了上面。

四樓的鐵窗裡，有兩個小孩站在陰影處。

他們在等自己這幾人，毫無疑問。

□

依然是爬樓梯上到四樓。一到四樓，虞因就看見方苡薰正上下打量鐵門，大家都沒有鑰匙無法立刻進去。

「你們兩個也等等我吧，走這麼快幹什麼。」看著外面大亮的天空，虞因打開公用燈，抱怨了兩句。

「因爲我們很年輕，體力好，不用慢慢爬。」很快地回嘴，方苡薰的視線停在貓眼上，

「阿因哥，不知道是不是我的錯覺耶……」

「貓眼裡面有人在看我們。」虞因也注意到貓眼裡的黑影，他突然很訝異自己居然有些

習慣了。

他走過去，敲了鐵門，砰砰的聲音在樓梯間迴盪開來。

就如同上次的狀況重新倒帶播出，過了半晌之後，某種喀喀的聲音從裡面傳出來，鐵門的把手被人輕輕下壓了，接著是門鎖被打開了。

瞠大眼睛看著所有發生的事，方苡薰整個人嚇了一大跳。

已經有前一次的經歷，虞因和聿反而沒有表現出太過驚訝的表情。

推開門後，虞因先看見的就是與上次完全一樣的屋內擺設，只是地上多了很多新腳印，大部分都是之前被他們踩出來的。

有個小小的影子消失在房間轉角。

「這個、這個……自動門？」不太敢踏進去的方苡薰看著無人的空房吞了吞口水，既然沒有人，照理來說應該也不可能會有人從裡面開鎖才對……

「隨便啦……」走進去之後，虞因先打開陽台，讓陽光跟空氣流通進來。一交換新鮮空氣後，屋裡也變得清新很多。

他隱隱約約聽見腳步聲，就在他們四周走來走去，但是聲音太小了，無法辨認是從哪邊傳來的，連影子都沒有看見。

……該不會是想就這樣把他們拖到晚上吧！想都別想！

站在旁邊的聿突然拍了他一下。

「怎麼了？」轉過去看他，虞因疑惑地問著。

聿拿出手機寫了字，環顧四周，露出了懷疑的神色：「跟七樓比，這裡有點小。」

他這樣一說虞因才注意到，上次因爲是第一次進來，所以並未感覺到有什麼不同。不過去過七樓跟六樓之後，他知道這棟大樓的格局其實都差不多，現在回頭到四樓來，才突然發現四樓的客廳空間好像有點窄。

一般來說客廳都應該是最大的，而且他們還陳列了一個神桌。

「牆壁好像有點厚。」看著隔間，方苡薰這樣說：「尤其是神桌旁邊這一面。」

三個人同時看著神桌邊貼著壁紙的牆面，怎麼看都不像有什麼奇怪的東西。

「你們兩個稍微後退一點。」走向那面牆，虞因深吸了口氣，然後伸出手用力在牆上敲了好幾下，砰砰的幾個聲響消失在牆面。

空氣突然跟著沉靜下來。

他們只聽到彼此小心翼翼的呼吸聲。

「好像什麼都沒——」

方苡薰的話還未說完，某種巨大得像是搥牆的聲音從牆裡猛地傳出來，聲響迴盪在屋子裡，力道大得連陽台的窗框都在震動。

方苡薰發出了細細的尖叫聲，立刻躲到虞因後面去。

也被回聲嚇了一跳，虞因瞪大眼睛看著那面牆。

就在他聚精會神看著的時候，壁紙上的花紋似乎也跟著扭曲起來，慢慢地擠成了一張像是小孩一般的臉。

「他」張大了嘴在哀嚎，眼睛落下了花紋的墨水。

皺起眉，虞因發現一旁的方苡薰跟聿似乎沒有看見這一幕，一點反應也沒有。而牆上的人臉也只出現了短短數秒鐘。

接著他感覺到視線，一轉頭就看見神桌後面站著兩個面色蒼白的小孩，灰色的眼睛直盯著自己，像是等待已久似地，臉上浮出渴望，就這樣慢慢消失在神桌後面。

「牆壁裡面有東西。」盯著貼有壁紙的牆面，大概已經內心有數的虞因，讓兩個小的往門口的方向退去，然後用力扯下壁紙。

已經有點剝離的壁紙被猛力一拉，瞬間就掉下一大塊。接著虞因也一起把四邊牆的壁紙都拉掉。

看見壁紙後面的牆壁那瞬間，聿立刻轉開頭。

「喔，我的天啊！」方苡薰捂著嘴巴，差點大叫出來。

除了第一面牆，另外兩邊的牆在壁紙遭到破壞之後露出原本牆壁的樣子，斑斑駁駁的黑紅色痕跡出現在牆壁上。

不自然的黑痕顯然並非油漆的顏色。

「這該不會是……」看著那些被蓋在破碎壁紙後面的不自然痕跡，方苡薰閉上了嘴巴。

「不知道。」拿出了名片，虞因撥了一通電話給黎子泓，才後知後覺想起來這裡好像訊號會受到干擾，無法使用手機。

正打算掛掉時，手機居然接通了。

虞因請對方立即來這邊一趟，便很快地掛掉手機，「我們先退出去吧。」既然壁紙後面有東西，那就得等到警方人員來才能繼續拆了。

方苡薰說不出口的話他也心裡有數。

那些痕跡不管怎麼看，都像是已經有點時間的血跡。

□

黎子泓趕到時，先到的三個人已經等了有一小段時間了。

「你們是怎麼打開門的？」皺起眉，他記得這棟房子的鑰匙只有房東有，爲什麼他們可以開門？

虞因聳聳肩，「大概是上次房東來時忘記關了吧。」他總不能直接說是好兄弟幫他開的，總覺得眼前這個檢察官一定不會相信。

看了他一眼，黎子泓踏進房裡，第一眼看見的就是牆上的黑紅色痕跡。

「血跡。」

「果然是。」靠在門邊的虞因嘆了口氣：「先前被壁紙遮住了，沒有弄下來還看不出來。我猜當初貼壁紙時一定很匆忙，因此根本沒有完全貼好，一撕就扯下了一大塊來，可見當時貼壁紙的人非常著急。」

「能在房裡這樣把壁紙都換掉的，也只有這裡的住戶。」拿出手機，黎子泓通知了地方警局，掛斷之後拿出數位相機，先行將四周環境給拍下來。

虞因靠到他旁邊，用很小的聲音說：「我說……是這裡的小孩帶著我們進來的，你相信嗎？」

停下了手邊的工作，黎子泓看著他。

「我信，但是若要重新偵查，你的說詞將無法採用。」他們講求的是證據，而不是另一個世界的指導。

「我知道，所以如果有人問到開門這件事的時候，請罩我們一下。」咳了一聲，虞因這樣告訴他：「畢竟自己跑進來不是很合法嘛，雖然是這裡面的東西幫我們開門的，但是若追究下來，麻煩你幫我們擋一下了。」當初來找他的就是眼前這位檢察官，所以他覺得這個要求其實並不過分，只是小小地掩蓋事實而已。

黎子泓看著他，就在虞因以爲對方還是打算公事公辦時，他才緩緩地點了頭，「下不爲例。」

「沒問題！」到時候真發生了再說吧！

繞了一圈拍完照之後，黎子泓在那面特別厚的牆壁前停了下來。

「這裡剛剛有聲音。」還心有餘悸的方苡薰緊緊抓著旁邊的聿，硬是要站在房子外面，不肯再進來了。

「聲音？」

「剛剛有人在裡面敲牆的聲音。」虞因補充了一下：「不過你可以放心，我可以保證絕對不是正常人類敲的。」正常人類不會被牆壁夾住還可以敲牆，而會直接掛點，出不來。

看著牆壁，瞇起眼睛，黎子泓只沉默了幾秒，便四下開始找東西。

「你在找什麼？」看他的動作，虞因疑惑地問著。

黎子泓沒有回答他，很快地發現自己要的東西後，掀開了客廳牆角的防塵布，將擺放在裡面的工具箱拖出來，一打開就拿出放在裡面的鐵鎚。

「借過。」

虞因讓開身子後，檢察官用力地將手上的鐵鎚敲往牆壁。空氣在瞬間崩裂出巨大的聲音，牆壁也裂出小小的痕跡。

似乎還不滿意，黎子泓又用力敲了兩、三次，直到牆壁上開始有小碎片往下掉。

錯愕地看著他近乎粗暴的舉動，虞因在驚嚇之餘，也上前幫忙將卡著的碎片往下清，接著鐵鎚又敲上了另一邊，直到將大塊的水泥塊敲掉後，藏在裡面的東西也緩緩露出顏色。

那是一小片布料。鮮黃的顏色從被敲破的洞裡露了出來。

順著布料又把牆壁破壞了一大片範圍後，裹在裡頭的東西也終於露出來了。

這一瞬間，虞因終於知道爲什麼他們會找上自己了。

如果沒有人發現，應該直到大樓被破壞前，他們都會永遠囚禁在這裡吧。

看著嵌在牆壁裡面兩具小小的白骨，他深深這樣認爲。

「封壁的水泥看起來很新，應該是之後才用上的。」看著似乎有兩層不同的顏色，黎子泓在心中很快地閃過幾件事。

最近他才剛接過這個案件，剛把檔案看完。

「我說……如果到時候敲開牆壁裡面什麼也沒有，你該怎麼辦？」面對幼小的屍骨，虞因慢慢地轉過頭，看著旁邊稍微在喘氣的檢察官。

放下了手上的鐵鎚，黎子泓拍去手上的水泥屑，「我相信會找到。」

「眞有自信……」

「不，看完當年報告之後，我也認爲八九不離十。當年這間房子的男主人在死亡的半個月前買了水泥說要修補房子，但是他死亡後卻找不到那些水泥，也沒有看見房子有修補的跡象，報告上原本是記錄他可能用到其他地方。」但是在他看完現場相片後，對於房子一直很介意，直到剛剛在這裡聽到虞因所說的話。

「就這樣？」

「是的，就只有這樣。」

「……」虞因開始覺得有點頭痛，原來這個人也跟他二爸一樣是直線型，看到牆壁就用鐵鎚敲，要是到時候眞的敲不出東西，他肯定會被投訴。

然後，他們聽見來自陽台外的警笛聲，以及被聲音驚擾後，由樓上跑下來的住戶們的吵鬧聲。

塵封已久的舊案露出了破綻。

□

警方趕到之後發現了房子裡的白骨，立刻拉上封鎖線。

因爲女孩子實在不適合看見這種場面，所以黎子泓讓其中一位員警先將方苡薰帶回警局，回去之後再一起錄口供。

「虞因！」收到通知後，從醫院又匆忙趕過來的虞夏避過了封鎖線，一進來就先大吼。

虞因立刻退到黎子泓後面，連忙讓擋箭牌擋下他二爸：「我先說！我也是被叫過來的！人在江湖……」

「湖你的頭！你這個臭小子！」虞夏直接打斷他的話，他先向黎子泓點了頭，打過招呼後，完全不客氣地把人給拽出來：「你是專程來找麻煩的是嗎！挖骨頭挖到這種地方來了是嗎！」既然這麼愛挖，總有一天他會讓他挖個痛快。

「呃，至少有挖到啊……」而且說眞的，這兩具屍骨也不是他挖出來的，是他們的同伴啊！那個檢察官啊！他毫不猶豫就拿鐵鎚往牆上砸耶！

如果是他，他才不敢砸。

「抱歉，牆壁是我破壞的。」咳了一聲，黎子泓這樣說著。

虞夏轉過頭，用一種很意外的表情看他，接著又轉回來揪住兒子的領子：「不要帶壞別人！」有一個聿成天跟著他亂跑亂鑽已經很糟糕了，現在還要再多一個嗎？

「我沒有……」他已經懶得辯解了。

「弄出來了！」

現場來幫忙的員警喊了一聲，打斷了他們的話。牆壁被人敲開後，兩具已經變成白骨的屍體被小心翼翼地取了出來，在地上重新拼回。

那是小孩子的屍體，一共有兩具，再多也沒有了。

「是失蹤的兩個小孩嗎……」看著身上破碎的衣料，虞夏的聲音低了下來：「原來是放在這裡。」

現場人員蹲在旁邊檢視過骨頭後，抬頭看著他們：「骨頭上有些傷痕，看來兩個小孩生前可能曾遭受暴力對待。詳細原因必須等回到工作室才能釐清。」

既然已經傷到骨頭了，那表示傷勢不算輕，加上兩個小孩身上都有……虞夏瞇起眼睛，懷疑起會不會是家暴案件。

「牆壁上的痕跡也證實是血跡，按照位置、形狀來看是噴濺形成的。」鑑識人員這樣告訴他們。

在壁紙完全清除之後，牆上的東西也逐漸清楚了，角落甚至還有小小的黑色手印，像是掙扎般在牆壁上拉出好幾個痕跡。

一邊看著他們處理，虞因一邊退到房子外面，聿也站在那邊望著他們。

再後面一點，樓梯間擠了好幾個人正在竊竊私語。他相信再過不久，連媒體也會殺過來，明天的報導肯定是發現骨頭……不，今晚的新聞就會有。

「媽媽，這裡在幹什麼？」樓梯間傳來小孩天真的問話。

虞因看過去，是個帶著小孩的年輕女性，牽著她的手的孩子仰起了小小的臉蛋詢問著。

「警察叔叔在辦案喔，小聲一點。」拍了拍小孩的手背，那名女性抬起頭，正好看見虞因盯著她，於是她禮貌性地微笑了一下：「我是這邊九樓的住戶。」

「喔……咦！」九樓？

虞因一下子錯愕了：「妳住在九樓？」

女性露出疑惑的表情，「是啊，我們跟我先生住在這邊的九樓，這是我們的小孩，今年剛上幼稚園。」

「等等，你們家有個大概四十歲左右的歐巴桑嗎？」虞因形容了上次遇到的那個婦人的樣子，他的眼皮突然抽了兩下，有種很不好的預感。

聽他形容完，女人又搖搖頭：「沒有，我們家就只有我跟小孩、我先生三個人而已，你說的人我並不認識，而且也沒看過。我們才搬進來一年多，對這裡不是很熟。」

向她道謝之後，虞因看著她牽著小孩走進電梯。

於是，他終於發現那天哪裡不自然了。

住在九樓還提著菜籃的人爲什麼會走樓梯？就算是聽到聲音上來查看，應該也是將電梯按到四樓，比起黑暗恐怖的樓梯，電梯才是住在高樓層住戶的正常選擇。

那麼，那天那個婦人是誰？

旁邊的聿揪住他的衣角，顯然也想到這個問題。

「阿因，過來一下。」房裡的虞夏拿了一張相片走出來：「你看到的小孩是不是這一個？」

他看著，那是一張全家福，一對父母、三個小孩，其中兩個剛剛還站在小神桌旁，但是讓虞因愕然的是那個媽媽。

「二爸，這個女的……」

虞夏豎起手指，比了噤聲的動作。

二爸也發現了，相片上的女性就是那天他們所碰到的婦人，絲毫不差。

小孩嘻笑的聲音穿過他腳邊。

虞因轉過頭，看見在樓梯間的上方有個婦人站在那邊看他們，白色的臉露出笑容，兩個小孩繞著她跑，然後消失在樓梯上。

上層發出細微的聲響，公用電燈燒壞了，樓梯轉角處陷入了黑色世界。

他看見那個婦人消失在光影交錯的一瞬間。

「看來這邊的案件也要重新調查了。」虞夏的聲音在他旁邊響起。

於是，一起案件結束，另一起重開調查。

將相片塞入兒子手中，虞夏轉頭回到房屋裡，用力地拍拍手。

「好！現在開始，一點痕跡都不准漏掉！」

事件結束了。

在警方的查證與謝姓嫌犯的陳述下，ＸＸ大樓的案件宣告終結。

據了解，徐姓死者在拜訪友人時趁機將減肥藥調包，使賴姓友人產生嚴重過敏，因未及時送醫處理而致死。

死亡前賴姓友人撥了通電話，以致謝姓嫌犯失手殺死了徐姓女子……

電視上並沒有報出徐茹嫻愛慕友人的事。

之後在夾鍊袋上檢驗出滿滿的指紋，包括沒有被螞蟻吃掉的減肥藥上也查出有賴綺琳的指紋。他們說應該是賴綺琳準備吃的時候先放下了，暫時離開去做別的事，才會被徐茹嫻調包。

究竟只是要給她一個警告，或是真要置她於死地，已經沒有人知道了。

看著網路電視，大約五點多就起床的虞因想著，或許這件事會成為永遠的祕密吧！有時候不要說出來也好，不然媒體興風作浪的程度遠遠超過人的想像。

難得的假日，他聽說今天大爸和二爸都休假，昨天大家還在說要一起去看場電影，雖然他覺得四個大男人相偕去看電影相當奇怪，不過偶爾為之也不錯。

六點多，他走下樓梯，馬上就發現客廳裡面已經有人。

「你們在六樓救的那個，死了。」當他踏進客廳之後，劈頭聽到的第一句話就是這個。

他錯愕地看著沙發上明顯是一晚沒睡的虞夏。

看了一下手錶，虞夏盯著手提電腦螢幕這樣說著：「急救到清晨三點，本來一度穩定下來，不過狀況又突然危及，三點十六分醫院打電話來作死亡告知。」他接到電話後，心情差到谷底，於是就在這邊坐到天亮，「院方說他個人根本沒有求生意志，所以死得很快，他們已經盡了最大的努力，晚一點家屬就會來認領回去。」

「這樣喔……」心裡好像有什麼糾結了起來，虞因只小聲地吐出三個字，然後拖著沉重的步伐進入廚房給自己泡了杯咖啡，也為客廳外面那個泡了一杯。

原本他們打算出去玩，看樣子即使出去了也不會眞正開懷吧。

他不理解，這件案子裡的那些人他都無法理解。

他們不尊重生命，殺人、自殺，一切都顯得那麼簡單，小小的缺陷或是錯誤的念頭就讓對方死去。

埋在牆壁裡的小孩也渴望離開那裡，他們也掙扎過，想要活下去。

殺人很簡單，只要一點點的動作就可以了。

甚至他想起那天在鐵門外，賴綺琳寫著「讓他死」的字句，是要他放棄生命去陪伴自己嗎？

他無法理解這些人的想法與作法。

過了一陣子他才踏出廚房，就看見不知道什麼時候下樓的大爸靠在沙發旁。

拍了拍雙生兄弟的肩膀，剛剛下來也聽到這條消息的虞佟輕聲說著，「這不是你的錯……」

「那時候我們的人都在那邊出入，居然沒有發現……」

「別想太多，沒有人會知道他會回家自殺。」

沒有踏出第二步，又退回到廚房裡面，虞因背靠著牆，默默地喝著手上已經逐漸轉涼的咖啡。

這不是第一次了。

所以他只能待在這邊等。

過了一段時間後，旁邊傳來聲響，他轉過頭正好看見虞佟踏進廚房。

「等一下要吃早餐了，咖啡不要喝那麼多，會胃痛。」沒有多說什麼，虞佟只是淡淡說了句，然後從冰箱拿出材料。

低頭一看，虞因才發現自己在不知不覺中把兩杯咖啡都給喝到見底了。

樓梯傳來聲音，早起的聿一邊打著哈欠一邊走下樓，踏著步伐走進客廳，然後在虞夏旁邊坐下來打開電視。螢幕上是多年前的國片，依舊是那滑稽的台詞與誇張的動作。

在虞佟準備好早餐，準備叫人來端時，清早的門鈴聲響起了。

「一大早是誰啊？」跟著坐在客廳看國片的虞因爬起來去開門，打開門後，外面的訪客完全出乎他的意料。

站在外面的黎子泓禮貌性地向他點點頭：「早。」

「呃，早。」虞因注意到他沒有穿西裝，而是穿著比較輕便的牛仔褲和上衣，料想這個人今天應該也放假。

但是他來幹什麼？

「可以進去嗎？」依然是張冰冷的酷臉，黎子泓詢問著。

「啊！請進！」虞因連忙讓開，讓他進到屋內。

客廳裡的虞夏看見來人之後也站起身，「你怎麼會跑來？」

黎子泓抬起手，手上掛著一個大紙袋，面無表情地說：「我想玩的東西還是要兩個人打起來比較有趣。」

看著紙袋，虞因看見裡面有台ＰＳ２跟一堆遊戲光碟。

他沉默了。

原來新的檢察官也是個我行我素的人嗎？

「嘖，幾歲了還打電動……」虞夏發出咕噥聲。

「眞的打起來你會輸我，嚴司從來沒贏過。」他就是因爲和嚴司玩太無趣了，才會跑來這裡，畢竟初來乍到，和其他人還不熟。

一句話，挑起了虞夏熊熊的戰火。

「馬上來打！」

從廚房出來的虞佟無奈地看著已經開始裝遊戲機的兩個人，「全都給我去吃完早餐才准碰！」

他們是打算利用這難得的休假在家裡決一死戰嗎？

聿看著遊戲機，難得露出了很有興趣的表情。

「對了，外面信箱裡面有信件。」拿出寫有虞夏名字的信封，黎子泓遞給收件人：「但是沒有地址。」

接過信件，虞夏道了謝。

沒有來信地址的信也就只有這麼一個可能。

「快點吃飯了！」

「好啦。」

□

假日上午的時間，市區的人潮在逼近中午之後逐漸增加起來。

穿著漂亮的衣服，揹著大大的袋子，方苡薰停在一家點心屋前，大約十分鐘裡來了四個不認識的人向她搭訕，然後又被她微笑地拒絕掉。

她在等約她出門的人。

看了手錶一眼，在約定時間即將來臨時，旁邊有人停下腳步。

「好久不見，妳長大了不少。」沉穩的男性聲音隨著腳步停下而發出來，帶著藍色的眼眸讓四周幾位女性驚艷地頻頻回首。

「阿姨說你現在在放高利貸，我也很驚訝啊！」笑嘻嘻地轉過去，方苡薰的眼中映出了高大的男人。

站在她面前的滕祈穿著筆挺的西裝，露出了恰到好處的營業式微笑：「並不是高利貸。」他是做債務整合的。

「喔，隨便囉！突然打電話給我有什麼事？」她今天原本要約人家一起出去，行程都被這通電話打斷了。

「妳已經接觸過少荻聿了，不是嗎？」看著眼前的美麗女孩，滕祈依舊不慍不火地說：「我聽說妳在這次的大樓案件裡面參了一腳。」

撥了撥短髮，方苡薰面色不改地環著手，「是啊，雖然我不是很想去，不過還真的很有意思，那個虞因可以看到不少東西……害我連發揮的餘地都沒有，只能裝成一般女孩子。」要知道這是很麻煩的。

「妳是一般的女孩子沒錯啊。」

笑了兩聲，方苡薰上前拉著他的手臂：「既然知道我是一般的女孩子，你就應該請客。和人家約在點心屋前，你要付錢。」

「當然，隨妳吃到滿意吧。」被拉著進去高價位的精緻點心屋，滕祈面不改色地說：「如果妳不怕胖。」

「放心，我最大的優點就是很難吃胖。」在服務生帶他們入座之後，方苡薰點了五、六款不同的小點心，然後將身上的大袋子放在旁邊的空位上。

「那是什麼袋子？」看著體積不算小的東西，滕祈好奇地問著。

「裝小朋友用的。」眨了一下單眼，方苡薰這樣告訴他。

聳聳肩，無法理解她的意思，滕祈決定中止這個話題，「對虞家跟少荻聿的想法？」他側開身子，讓服務生端上飲料與點心。

「虞家裡面我只見過虞因，是個不錯的傢伙，還很會自找麻煩；總是到處亂衝，害我要給他提示也得亂七八糟地給，不過總算把事情處理掉了。」拿起小湯匙，方苡薰愉快地看著剛送上來的冰淇淋，五球冰淇淋外加她點的各種配料，讓人垂涎的口味，所以她毫不客氣地直接一湯匙插進去，「阿聿應該錯不了，他有少荻家的血統……你不是去找過虞家大人了嗎？」

「嗯……不過虞警官不肯讓步，因為他不知道我們是誰。」環著手，看著眼前的少女大口吃著甜得要死的冰淇淋，滕祈緩緩地說。

「要是知道，他們會很驚訝的。」

舔著湯匙，方苡薰愉快地繼續下一口。

「我想應該會的。在那之前，還是先慢慢觀察他們吧。」

「了解。」

假日的街道上，人潮逐漸聚集。

街道轉角的下一秒或許即將開始新的故事、新的案件，可能是竊盜、飛車搶劫，也或許是有人即將命喪現場。

在那之前，人們依舊照著平日生活的步調，快樂地度過假日。

直到生命結束那一天。

「表哥，我還要加點一份。」

「……妳是要吃垮我嗎？」

《全文完》

【因與聿小劇場】

護玄 繪

後記

之前其實看到封面時候就很敬仰畫者~~

喔喔♡

流口水

高手♡

玄

所以試著寫了電子信件給對方(但是後來沒繼續)

回了!

怎麼辦!

玄

結果不知道要回啥

同人誌場時候也有跑去偷看攤位,不過沒有上去詢問。

?

繪

人潮很多

所以到現在完全沒有攀談到。

你是跟蹤狂嗎!

友

太厲害的對象反而不敢去摸

拜師
視線
視線
視線
怎麼了？
總覺得最近好像有很多人跟在我後面……
吃飽太閒嗎
那個啊……
我想他們應該只是想拜師而已吧。
別介意 別介意
啥？
七樓一跳成名（好孩子請勿學習）
工作的阻礙
玖深的工作效率真的很好耶。
又快又正確
嗯啊。
只要沒有那種毛病的話……
那種毛病↓
真是太有趣了。
下次我也來玩玩
嗚啊啊啊啊
玖深冷靜一點！
瞬間崩潰

比高中生還不如的可悲程度

親子

外表跟性格都不一樣

新書預告

護玄最新系列

異動之刻

探索的故事在開始之後尋找完結。
在完結之前不管跌倒多少次都會重新上演。
謊言、同伴、需求、光明、黑暗、智慧，然後更多
不同的歌曲交織而成的過去與未來。
試問，在最後到來之前，你想如何走下去？

2009年國際書展將與您見面！

蓋亞文化圖書目錄

書名	系列	作者	ISBN	頁數	定價
恐懼炸彈（新版）	都市恐怖病	九把刀	9789867450340	320	260
大哥大	都市恐怖病	九把刀	9789866815690	256	250
冰箱	都市恐怖病	九把刀	9789867929761	240	180
異夢	都市恐怖病	九把刀	9789867929983	304	240
功夫	都市恐怖病	九把刀	9789867450036	392	280
狼嚎	都市恐怖病	九把刀	9789867450142	344	270
依然九把刀（紀念版）	非小說・九把刀	九把刀	4710891430485		345
綠色的馬	九把刀・小說	九把刀	9789866815300	272	280
後青春期的詩	九把刀・小說	九把刀	9789866815799	272	250
樓下的房客	住在黑暗	九把刀	9789867450159	304	240
獵命師傳奇 卷一～卷十二	悅讀館	九把刀			各180
獵命師傳奇 卷十三、十四	悅讀館	九把刀			各199
臥底	悅讀館	九把刀	9789867450432	424	280
哈棒傳奇	悅讀館	九把刀	9789867929884	296	250
魔力棒球（修訂版）	悅讀館	九把刀	9789867450517	224	180
都市妖1-2, 4-5, 7-14	悅讀館	可蕊	9789867450197	240	各199
都市妖3、6　是誰在唱歌	悅讀館	可蕊	9789867450272	208	180
青丘之國（都市妖外傳）	悅讀館	可蕊	9789867450470	320	220
都市妖奇談 卷一～卷三（完）	悅讀館	可蕊	9789866815058		各250
捉鬼實習生 1-7（完）	悅讀館	可蕊			1406
捉鬼番外篇：重逢	悅讀館	可蕊	9789866815652	320	250
百兵　卷一～卷八（完）	悅讀館	星子	9789867450456	192	1535
太歲　卷一～卷二	悅讀館	星子	9789867450531	368	各280
七個邪惡預兆	悅讀館	星子	9789867450913	272	200
不幫忙就搗蛋	悅讀館	星子	9789867450258	308	220
陰間	悅讀館	星子	9789866815027	288	220
黑廟　陰間2	悅讀館	星子	9789866815577	256	220
無名指　日落後1	悅讀館	星子	9789866815362	336	250
囚魂傘　日落後2	悅讀館	星子	9789866815446	288	240
蟲人　日落後3	悅讀館	星子	9789866815713	280	240
太古的盟約　卷一～卷四	悅讀館	冬天	9789867450661	304	各240
太古的盟約　卷五～卷八	悅讀館	冬天	9789867450869	240	各199
吸血鬼獵人日誌 I ~Ⅳ、特別篇	悅讀館	喬靖夫			976
殺禪　全八卷	悅讀館	喬靖夫			各180
誤宮大廈	悅讀館	喬靖夫	9789866815423	256	220
東濱街道故事集（惡都001）	悅讀館	喬靖夫	9789866815829	208	180
天使密碼 01 河岸魔夢	悅讀館	游素蘭	9789866815386	272	220
天使密碼 02 靈夜感應	悅讀館	游素蘭	9789866815614	256	220
異世遊1～4	悅讀館	莫仁			各240
希臘神諭	悅讀館	戚建邦	9789866815706	320	250
公元6000年異世界（新版）	悅讀館	Div	9789866815621	304	240
仇鬼豪戰錄 套書（上下不分售）	悅讀館	九鬼	9789866815379		499
永夜之城　　夜城1	夜城	賽門・葛林	9789867450760	288	250
天使戰爭　　夜城2	夜城	賽門・葛林	9789867450845	304	250
夜鶯的嘆息　夜城3	夜城	賽門・葛林	9789867450968	304	250
魔女回歸　　夜城4	夜城	賽門・葛林	9789866815041	336	280
錯過的旅途　夜城5	夜城	賽門・葛林	9789866815232	352	299
毒蛇的利齒　夜城6	夜城	賽門・葛林	9789866815393	360	299
影子瀑布	Fever	賽門・葛林	9789866815607	464	380
善惡方程式（上下不分售）	Fever	珍・簡森	9789866815454	824	599
德莫尼克（卷一～卷七）	符文之子2	全民熙			各280
符文之子（全七卷；可分售）	符文之子1	全民熙			2114

＊實際定價以各書版權頁為準

國家圖書館出版品預行編目資料

祕密／護玄 著：——初版．——台北市：
蓋亞文化，2008.12
冊： 公分．（因與聿案簿錄：4）
ISBN 978-986-6815-83-6（平裝）

857.83 97020765

悅讀館 RE124

因與聿案簿錄 四

祕密

作者／護玄
插畫／AKRU
封面設計／克里斯
出版社／蓋亞文化有限公司
地址◎ 台北市103承德路二段75巷35號1樓
電話◎（02）25585438 傳眞◎（02）25585439
部落格◎ gaeabooks.pixnet.net/blog
臉書◎ www.facebook.com/Gaeabooks
電子信箱◎ gaea@gaeabooks.com.tw
投稿信箱◎ editor@gaeabooks.com.tw
郵撥帳號◎ 19769541 戶名：蓋亞文化有限公司
法律顧問／宇達經貿法律事務所
總經銷／聯合發行股份有限公司
地址◎新北市新店區寶橋路235巷6弄6號2樓
電話◎（02）29178022 傳眞◎（02）29156275
港澳地區／一代匯集
電話◎（852）27838102 傳眞◎（852）23960050
地址◎九龍旺角塘尾道64號龍駒企業大廈10樓B&D室
初版十三刷／2022年1月
定價／新台幣 220 元
Printed in Taiwan

ISBN／978-986-6815-83-6

Gaea

GAEA